Romeu e Julieta

WILLIAM SHAKESPEARE

Romeu e Julieta

TEXTO ADAPTADO POR
JÚLIO EMÍLIO BRAZ

Principis

Esta é uma publicação Principis, selo exclusivo da Ciranda Cultural
© 2021 Ciranda Cultural Editora e Distribuidora Ltda.

Título original
Romeo and Juliet

Texto
William Shakespeare

Adaptação
Júlio Emílio Braz

Preparação
Fernanda R. Braga Simon

Revisão
Cleusa S. Quadros

Produção editorial e projeto gráfico
Ciranda Cultural

Diagramação
Linea Editora

Imagens
GeekClick/Shutterstock.com;
wtf_design/Shutterstock.com;
aksol/Shutterstock.com

Dados Internacionais de Catalogação na Publicação (CIP) de acordo com ISBD

S527r	Shakespeare, William, 1554-1616
	Romeu e Julieta / William Shakespeare ; adaptado por Júlio Emílio Braz. - Jandira : Principis, 2021.
	128 p. ; 15,5cm x 22,6cm. – (Shakespeare, o bardo de Avon)
	Adaptação de: Romeo and Juliet
	ISBN 978-65-5552-432-1
	1. Literatura inglesa. 2. Tragédia. I. Braz, Júlio Emílio. II. Título. III. Série.
2021-1039	CDD 823
	CDU 821.111

Elaborado por Vagner Rodolfo da Silva - CRB-8/9410

Índice para catálogo sistemático:
1. Literatura inglesa 823
2. Literatura inglesa 821.111

1ª edição em 2021
www.cirandacultural.com.br

SUMÁRIO

ORIGENS DA INCOMPREENSÃO E DA VIOLÊNCIA...9

CORO
CAPÍTULO 1..13

CORO
CAPÍTULO 2..21

CORO
CAPÍTULO 3..27

CORO
CAPÍTULO 4..32

CORO
CAPÍTULO 5..36

CORO
CAPÍTULO 6..43

CORO
CAPÍTULO 7..50

CORO
CAPÍTULO 8..53

CORO
CAPÍTULO 9..58

CORO
CAPÍTULO 10 63

CORO
CAPÍTULO 11 66

CORO
CAPÍTULO 12 71

CORO
CAPÍTULO 13 83

CORO
CAPÍTULO 14 88

CORO
CAPÍTULO 15 95

CORO
CAPÍTULO 16 102

CORO
CAPÍTULO 17 105

CORO
CAPÍTULO 18 110

CORO
CAPÍTULO 19 113

CORO
CAPÍTULO 20 118

CORO
CAPÍTULO 21 124

Ó bendita, bendita noite!
Quanto temo, sendo agora noite,
que tudo isso não passe de um sonho
por demais encantador e doce para
ser verdadeiro!

ROMEU E JULIETA – ATO II – CENA II

ORIGENS DA INCOMPREENSÃO E DA VIOLÊNCIA

Muito até os dias de hoje se contou e ainda mais se escreveu sobre os tempos turbulentos em que famílias poderosas se digladiaram pelo poder em cidades ainda mais poderosas na Itália Medieval.

Em meados do século XI, com o fim do Reino Itálico, período em que os imperadores romano-germânicos dominaram boa parte da península Itálica, após um período de anarquia, muitas cidades italianas se reorganizaram como repúblicas independentes ou semi-independentes, criando um sistema de patriciado ou governo de notáveis ou oligárquico. Oriundos das famílias de antigos chefes militares e não necessariamente de uma nobreza nos moldes tradicionais, hereditárias e familiares, pequenas querelas iniciadas em salões luxuosos ou nas entranhas de palácios ainda mais imponentes, transportaram-se para incontáveis campos de batalhas e empenharam verdadeiras fortunas para armar exércitos ou contratar as mais sanguinárias companhias de mercenários então existentes que varreram territórios de uns e de outros em quase sempre intermináveis guerras que em mais de uma ocasião levaram ambas as famílias à falência ou a sucumbir sob a força mais definitiva de maquinações palacianas ou sob a força de um terceiro protagonista bem mais poderoso. A herança de ódio ensanguentou toda a Itália por séculos em maior ou menor intensidade, as rixas familiares por vezes se estendendo por tanto tempo que, em certo momento, até se perdia a sua origem e se lutava unicamente pela honra familiar ou pela ambição desmedida e multissecular de seus principais personagens.

Guerras motivadas por interesses políticos opuseram as famílias Albizzi e Ricci em vários períodos da história de Florença. As lutas intestinas entre os membros da família Gabrielli acabariam por incorporar a cidade de Gubbio ao território de Guidobaldo de Montefeltro. Envolvidos nos mais diferentes interesses, sendo os mais corriqueiros aqueles em que os dividiam em guelfos e gibelinos, ou seja, apoiadores da autoridade papal e apoiadores do imperador do Sacro Império Romano-Germânico, mesmo depois de tais conflitos, resistia uma paz tensa e, consequentemente, das mais frágeis entre as famílias. Verona, orgulhosa cidade ao norte da Itália, não fugia a essa regra, e, por causa das frequentes divergências entre as duas famílias mais poderosas da cidade, os Capuletos e os Montecchios, cada vez mais sangrentas, por fim seu governante, o príncipe Escalo, promulgou lei das mais severas até para os padrões da época, determinando que qualquer um que pusesse em risco a paz e tranquilidade dos veroneses seria imediata e inapelavelmente condenado à morte.

A história de Romeu e Julieta se desenrola alguns anos após a draconiana lei assegurar alguma tranquilidade às ruas e aos lares de Verona.

CORO

Ó pense
e por Deus, tente
refletir quão fortes são as paixões
humanas,
que, incontroláveis
e igualmente
intermináveis,
são capazes de forjar
os mais terríveis dramas
em que, em mais de uma ocasião,
o amor faz-se ingrediente
e subtrai a razão
aos apaixonados.
Saiba ou não,
aproxime-se então
e poderemos lhe contar
uma das mais tristes histórias,
nascida de desmedida paixão
e vitimada pelo ódio mais profundo,
tão comum aos viventes
que a ele se entregam levianamente,
até pelo mais tolo motivo
ou mesmo
sem nenhuma grande razão.
Na bela Verona,
onde localizamos tão triste história,
duas famílias respeitáveis,
mas levadas por antigos rancores,

se entregam a atos cada vez mais detestáveis,
onde o sangue derramado
os mantém aprisionados
a uma guerra sem explicação
e igualmente sem fim.
De tamanho desatino,
ironia do destino,
fizeram-se apaixonados
dois jovens amantes
cuja desventura e lastimoso fim
estaria desde o início decretado
por pertencerem a diferentes lados
de tão grande insensatez.
Quanta tristeza!
Desafortunado amor!
Tanto a sua triste fatalidade
quanto a obstinação do ódio das duas famílias,
que apenas a morte de seus filhos
foi capaz de devolver a tranquilidade,
estarão nessas pequenas páginas de dor,
mas também de felicidade,
tema desta narrativa.

CAPÍTULO 1

O vozerio virulento e enfurecido derramava-se em maré de violência sem fim pelas ruas da cidade ao entardecer. O clangor das espadas denunciava o desejo insano e incontrolável com que os muitos contendores se lançavam uns sobre os outros, o ódio sequioso por sangue fazendo seus olhos faiscar, incansáveis.

Drapejantes estandartes houvesse e todos saberiam se tratar de mais um dos intermináveis conflitos entre Montecchios e Capuletos, que, há mais tempo do que os moradores de Verona se recordavam, resistia ao bom senso e mesmo à severa lei imposta pelo príncipe Escalo, supremo governante da então conhecida e reconhecida como a bela joia do Vêneto, ensanguentando suas ruas e fornecendo novos ocupantes para o grande cemitério em seus arredores.

Razões e motivações não importavam. Um simples olhar enviesado. A má interpretação atribuída a esta ou àquela palavra proferida justo no momento em que o membro de uma família cruzasse o caminho do membro da família rival, até mesmo entre humildes serviçais de ambas. Por vezes, a embriaguez em uma taberna frequentada pelos dois grupos, ou a prolongada atenção de uma donzela para o membro de uma família em detrimento de um da família rival, era mais do que suficiente para que espadas fossem desembainhadas e o sangue acabasse derramado fatalmente.

As primeiras testemunhas de mais aquele confronto se lembravam de que Sansão, membro da família Capuleto, saiu sabe-se lá de onde e, vermelho de raiva, berrou:

– Não carregaremos insolências desses patifes!

Gregório, que o acompanhava e também pertencente aos Capuletos, mais cauteloso, alertou:

– Você sabe que estou com você, mas acautele-se para manter seu pescoço fora do nó da forca.

Duas mulheres garantiam de mãos e pés juntos que tudo começara quando o grandalhão mal-humorado (apontou para Sansão) mordeu o polegar olhando fixamente para Abraão, outro gigante de vasta barba vermelha e cabeça inteiramente calva, que casualmente passava pela praça. Naqueles tempos e na Itália, tal gesto era reconhecido como insulto, e as consequências poderiam ser imprevisíveis e geralmente iam muito além de uma simples troca de empurrões ou palavrões.

O vermelhão parou na frente do bigodudo (o primeiro sendo Abraão, e o segundo, Sansão) e, já puxando a espada para fora da bainha, perguntou:

– Está mordendo o polegar para nós, senhor?

Sua companheira garantiu que foi o bigodudo que começou a briga quando confirmou que mordera o polegar olhando para Abraão, mesmo depois que Abraão perguntou pela segunda vez.

– Ele perguntou ao companheiro se a lei do príncipe poderia pôr o nó da forca em seu pescoço se ele respondesse sim e chegou a dizer que não, que não havia mordido o dedo olhando para o vermelhão – insistiu. – Acontece que um parente do patrão dele passava por aqui e ele se encheu de coragem e mudou a resposta, dizendo que havia mordido o polegar olhando para o empregado dos Montecchios.

Todos concordaram que foi Abraão, que, cheio de raiva, puxou a espada e partiu para cima de Sansão, mas também concordaram que a espada já estava na mão de Sansão quando Abraão ainda nem havia puxado a dele.

– Os dois estavam interessados na briga e partiram para cima um do outro com entusiasmo! – garantiu um velho comerciante, os pontos esbranquiçados de saliva acumulando-se nos cantos da boca larga e praticamente sem dentes.

Fato é que Benvólio, assim que se deu conta de que um dos empregados do tio, o velho Montecchio, digladiava-se com um grandalhão certamente ligado à família Capuleto, lançou-se de encontro a eles, com a espada à mão. Tão interessado estava em separá-los que não percebeu que outros homens saíam de várias tabernas existentes na praça e em ruas próximas, Capuletos alguns, Montecchios outros tantos, todos com espada na mão.

– Afastem-se, seus idiotas! – vociferou, batendo com vontade nas espadas que os dois brandiam desafiadoramente, desarmando-os. – Não sabem o que estão fazendo? Guardem logo suas espadas!

Para ainda maior confusão e infelicidade, entre os que se achegavam aos três se encontrava Teobaldo, sobrinho da senhora Capuleto, notório em toda a cidade pelo temperamento arrebatado e temerária índole beligerante. Ele já trazia a espada na mão e cravou os olhos em Benvólio, aos gritos:

– Que ousadia! Vire-se, Benvólio, e olhe para a morte que o espera...

Benvólio virou-se e ponderou:

– Estou apenas tentando manter a paz entre esses dois, seu paspalhão. Empunhe sua espada e me ajude a separar esses dois homens.

– Covarde! – rugiu Teobaldo, suarento e rubro de raiva, brandindo a espada. – Fala de paz com a espada na mão? Acaso me toma por tolo?

– Nada mais errado. Eu...

– Paz, paz... odeio esta palavra, como odeio o inferno e odeio todos os Montecchios. – Quando Teobaldo ergueu a espada e desferiu o primeiro golpe na direção de Benvólio, a situação escapou inteiramente ao controle.

– Em guarda, covarde!

O confronto foi inevitável, e em pouco mais de dez minutos um grande número de homens se entregou a uma violenta troca de golpes que atrairia primeiramente os moradores dos prédios em torno da praça e, posteriormente, os transeuntes e um grande grupo de policiais munidos de bastões. Uma confusão infernal, os combatentes dos dois lados encontrando rapidamente partidários na multidão, que em segundos passou a trocar empurrões e ameaças.

Abaixo os Montecchios! Abaixo os Capuletos! Acabem com todos! Matem a todos!

Intimidados pela lâmina das inúmeras espadas, os policiais mantiveram-se por certo tempo a distância, limitando-se a golpear este ou aquele que se desgarrava do grupo de contendores, derrubando-os e os arrastando para dentro de algumas tabernas, desacordados ou pelo menos zonzos e sangrando.

Por um instante, quando o velho Capuleto, na companhia da esposa, chegou à praça, muitos acreditaram que o combate cessaria. Pura ilusão. A esperança desfez-se quando ele se encaminhou para os homens engalfinhados em barulhenta confrontação e gritou:

– Depressa, depressa! Deem-me minha espada de combate!

A senhora Montecchio, aparentemente saída do meio da multidão, provocou:

– Não seria melhor pedir uma muleta, velho idiota?

O velho Montecchio apareceu logo atrás dela e já trazia a espada na mão, rugindo:

– Você causou toda essa confusão, infame Capuleto? Quer morrer?

A esposa o deteve, gesticulando para que guardasse a espada, ao ver o príncipe Escalo abrir caminho através da multidão com seu séquito, o rosto encovado e de ossos salientes transparecendo uma contrariedade imensa.

– Vassalos rebeldes! Inimigos da paz! Profanadores desse aço manchado com o sangue de seus vizinhos! - gritou. - Montecchio! Capuleto! Eu já os alertei em várias ocasiões. Os dois já ensanguentaram as ruas de Verona por tempo demais e causaram muitas mortes nessas incontáveis e insanas guerras para as quais se lançam sem ao menos saber por quê. Ouçam bem, pois eu não mais repetirei o que lhes digo agora: se de hoje em diante eu souber de novas confusões como esta, acreditem, os dois pagarão com a própria vida pela perturbação da paz de nossa gente. Agora, que todos se retirem, sob pena de morte!

A praça esvaziou-se rapidamente, a multidão de espectadores misturando-se aos policiais e soldados que acompanhavam o séquito de Escalo, os combatentes das duas facções dispersando-se por ruas distintas e evitando aquela por onde ia o governante da cidade. Em muito pouco tempo restavam apenas Benvólio e o casal Montecchio.

– Quem iniciou toda essa confusão? – perguntou o velho patriarca dos Montecchios, virando-se para o sobrinho.

– Não sei bem, meu tio – respondeu Benvólio, constrangido. – Quando cheguei, a gente dos Capuletos já estava brigando com seus servidores. Eu puxei a minha espada e tentei acabar com a briga, mas aí Teobaldo apareceu e, quando dei pela coisa, já estávamos fazendo parte da grande confusão que conseguiu tirar o príncipe de seu palácio e redundou nesta ameaça, que, sabemos bem, é para ser levada a sério.

– Não vi Romeu – observou a senhora Montecchio, os olhos deambulando pela praça deserta. – Ainda bem que ele não se envolveu nessa encrenca...

– Romeu anda estranho, realmente muito estranho, minha tia – comentou Benvólio. – Vindo para cá, eu o vi em um bosque, caminhando, totalmente alheio a tudo e a todos. Ainda pensei em chamá-lo ou mesmo ir ao encontro dele, mas, quando ele me viu, enfurnou-se entre as árvores, desaparecendo completamente. Até pensei em ir atrás dele, mas, colocando-me no lugar dele e sob tais circunstâncias, preferi deixá-lo a sós consigo e com os problemas dele...

– Romeu anda muito estranho – admitiu o velho Montecchio. – Alguns empregados já o encontraram pelos cantos, chorando feito louco. E quando ele sai? Passa horas fora e, quando volta, tranca-se no quarto. Fecha as janelas, cerra as cortinas e mergulha em uma escuridão artificial. Mais parece um fantasma assombrando a casa com seu silêncio.

– Não sabe o que o infelicita tanto, meu tio?

– Confesso que deixei de lado depois que perguntei e ele fugiu de mim…

– Então não foi nada que o senhor fez ou disse?

– Decerto que não. Aliás, como poderia, se mal o vejo? Eu até gostaria imensamente de saber a origem da dor dele…

Repentinamente, Benvólio gesticulou para que Montecchio se calasse, os olhos fixos em Romeu, que, cabisbaixo e triste, surgira em uma esquina poucos metros à sua frente, avançando vagarosamente.

– Ele vem aí, meu tio – alertou. – Talvez seja melhor que o senhor parta…

– Certamente, rapaz – concordou Montecchio. – Ele nem abrirá a boca se nos vir aqui…

Rapidamente apressou-se em afastar-se, na companhia da esposa.

– Como está, primo? – perguntou Benvólio, sorridente, indo ao encontro de Romeu.

– Nossa, ainda é tão cedo… – observou Romeu, melancólico.

– Mas que cara é essa, Romeu? O que tanto o entristece?

– Você notou?

– Primo, sei bem que você nada percebe ultimamente, mas o mundo inteiro não compreende a razão de tão profunda tristeza de sua parte… O que se passa?

– Eu não sei…

– Amor?

– Por favor, Benvólio…

– É amor, bem sei. Está apaixonado?

– Na verdade, eu estou amando sozinho…

– Ah, então é amor mesmo…

– Nem sei bem. Como posso acreditar que é amor se eu, e apenas eu, amo? Que amor é este que é maior em mim do que naquela que tanto amo e se faz dele senhora apenas para tiranizar e me deixar cada vez mais confuso e inseguro com seus gestos?

– Deus do céu, Romeu, por quem está tão absolutamente apaixonado?

– Como? Será que tenho que lhe dizer? Não é capaz de adivinhar?

– Como poderia? Incapaz me sinto de adivinhar o nome da mulher que viraria as costas a tanto amor e dedicação.

– Acredite, primo, ela é belíssima, mas a discrição dela é arma que me fere a todo instante, beirando desinteresse e vívido desprezo. Por razões que jamais entenderei, ela jurou não me amar, e, por causa desse voto descabido, morro mais um pouco cada dia que passo longe dela, agarrando-me a uns poucos momentos de lucidez para lhe falar de meu sofrimento.

– Melhor esquecê-la, primo!

– Como posso?

– Para início de conversa, pare de pensar nela.

– E você sabe como se faz para parar de pensar?

– Buscando, em outros cantos, outras belezas. Não é um mau conselho, é?

– A comparação será inevitável e me deixará ainda mais infeliz. Rosalina será sempre melhor do que todas que eu encontrar. Por mais que sejam belas todas as mulheres que porventura você me apresentar, mais cedo ou mais tarde todas enfrentarão um inimigo poderoso que sempre se apresentará melhor aos meus olhos, inesquecível realmente. Lamentavelmente, você não poderá me fazer esquecer criatura tão encantadora.

– Eu posso tentar, não é mesmo?

Romeu bufou, desanimado.

– O tempo é seu...

CORO

De que maneira é possível escapar
de amor tão absolutamente tirano,
que tudo recebe e nada é capaz de dar,
a não ser desprezo, desinteresse
e, se não me engano,
abandono?

CAPÍTULO 2

Páris era jovem. Entrado nos vinte e poucos anos de uma vida passada no luxo e na suntuosidade do palácio dos príncipes de Verona ou na vastidão das extravagâncias de outras tantas cortes, era mimoseado por todas as famílias mais ilustres da cidade desde que se juntara a Escalo, seu ilustre parente. Todos gravitavam em torno deles na expectativa de, por meio de toda sorte de favores, mas, antes de tudo, por meio de um casamento cheio de vantagens, fazer parte de tão ilustre estirpe. Presença frequente em todos os salões elegantes de Verona, a figura longilínea e imponente em seus quase dois metros de altura, a vasta cabeleira negríssima contrastando com os olhos de um verde inesperado, atraindo a atenção de todos, há pelo menos um ano só tinha olhos e crescente interesse pela filha de Capuleto.

Julieta reinava como senhora absoluta de seus olhos, que lhe dedicavam permanente atenção, mas acima de tudo de seu coração, que a ela dedicava um amor de presentes constantes e trazidos de lugares tão distantes que os próprios nomes se via incapaz de pronunciar. O encantamento dos primeiros dias se convertera em inescapável paixão, e o amor fizera sua parte, tornando o pobre Páris impaciente e angustiado. Sabedor de que a chave que abria o coração da filha se encontrava na satisfação e simpatia do pai, vivia a tê-lo ao alcance de suas palavras lisonjeiras e apoio incondicional diante de qualquer dificuldade que aborrecesse o velho Capuleto e sua numerosa família, por vezes criando dificuldades para Escalo, que vivia se equilibrando com rara habilidade no tênue fio que interligava uns e outros e assegurava prolongado período de paz entre as famílias ilustres de Verona.

Estando presente no séquito que acompanhara Escalo até a praça onde mais uma vez Capuletos e Montecchios se enfrentaram, juntou-se aos primeiros logo depois que os ânimos serenaram e todos se dispersaram. Hábil, volta e meia entremeava os assuntos de seu interesse (e não havia assunto que mais o mobilizasse do que a bela Julieta) àqueles que sabia que sempre motivaria o velho Capuleto.

– Mas, como eu lhe disse, rapaz, Montecchio e eu estamos ligados pelo temor à mesma penalidade – admitiu Capuleto. – Não é difícil manter a paz quando a lei de Escalo paira sobre nós e aqueles que amamos.

– Da parte de nosso príncipe, posso garantir que os dois gozam da mais absoluta consideração e respeito – disse Páris. – Em mais de uma ocasião, ele me confessou que não se sente à vontade indo ao extremo de criar leis que impeçam famílias tão ilustres e importantes para Verona de se matar. Ele já me disse que não compreende como Capuletos e Montecchios alimentam inimizade tão duradoura, que não se presta para nada de bom a nenhum dos dois lados... – De um momento para o outro, um sorriso generoso e envolvente iluminou seu rosto, e ele avançou por terreno conhecido e bem mais desejável: – E agora, se o senhor me permite, eu gostaria de mudar um pouco de assunto...

– Sei bem disso, meu bom Páris – falou Montecchio –, mas minha resposta continua sendo a mesma...

– Mas por quê?

– Minha filha ainda é uma criança. Ainda nem alcançou os catorze anos...

– Outras mais moças do que ela já são mães felizes...

– Sei bem disso, Páris…

– Então eu não compreendo…

– Eu ainda não a julgo suficientemente madura para ser uma esposa.

– Talvez discordemos nesse aspecto…

Capuleto sorriu, indulgente e até mesmo se divertindo com a ansiedade perceptível no tom de voz de Páris.

– Tenha paciência, rapaz. Ela o tem em grande estima e, no momento certo, não tenho a menor dúvida, será uma boa esposa para você e uma mãe carinhosa para os muitos filhos que terão. Tudo a seu tempo, tudo a seu tempo…

Páris calou-se, vitimado por certa contrariedade, e Capuleto, astucioso, não permitiu que esta se estendesse por muito tempo, informando:

– Teremos uma festa em minha humilde casa e espero que você venha. As mais belas donzelas das famílias mais proeminentes da cidade estarão presentes, e dentre elas poderá escolher o rosto mais viçoso para lhe fazer companhia. Acredito que irá gostar de saber que minha Julieta estará entre elas. – Notando que um de seus empregados se aproximava, virou-se e entregou-lhe uma folha de papel, ordenando: – Ah, finalmente chegou, seu preguiçoso. Vamos, corra. Percorra toda Verona e convide as pessoas cujos nomes estão escritos aqui e diga que minha casa e minha hospitalidade estão à espera de todos.

Mal viu ambos pelas costas e o empregado xingou Capuleto, resmungando:

– Um homem, um único homem para percorrer a cidade e convidar uma multidão. Pensa que um dia apenas é o bastante? Como posso ler tantos nomes? Quem pensa que sou, velho sovina? Um escrivão? Um literato?

Virou-se, irritado, e quase se chocou com Benvólio e Romeu. Benvólio, sorrindo zombeteiramente, admoestou-o:

– Você tem sorte de que seu patrão seja um velho surdo, meu bom homem.

– Surdo eu não sei, mas sovina certamente o é.

– Mas qual a razão de tanta raiva? – insistiu Benvólio.

O empregado desdobrou o pequeno pedaço de papel que carregava e o exibiu para os dois, perguntando:

– Sabe ler?

– Eu sei ler. – Romeu apressou-se a pegar o pedaço de papel e se pôs a ler: – "O senhor Martino, esposa e filhas; o conde Anselmo e suas lindas irmãs; a senhora viúva de Vitrúvio; o senhor Placêncio e suas encantadoras sobrinhas; Mercúcio e seu irmão Valentino; meu tio Capuleto, sua esposa e filhas; minha bela sobrinha Rosalina; Lívia; o senhor Valêncio e seu primo Teobaldo; Lúcio e a jovial Helena." – Devolvendo-o, observou: – Que bela assembleia, não? E onde vai acontecer essa reunião?

O empregado apontou para a grande casa atrás de si, informando:

– Aqui.

– Aqui onde, seu paspalhão?

– Na casa de meu patrão.

– Quem?

– Meu patrão é o riquíssimo Capuleto. Caso não pertença à casa dos Montecchios, eu lhes peço que apareçam para pelo menos esvaziar um copo de vinho e, logicamente, divertir-se.

Antes que Benvólio ou Romeu pudessem dizer qualquer coisa, o empregado se afastou em desabalada carreira, desaparecendo na primeira esquina à esquerda.

– Deve ser louco, não? – comentou Romeu. – Convidar-nos para uma festa na casa de Capuleto...

Um sorriso matreiro emergiu dos lábios de Benvólio quando ele disse:

– Não sei, não...

– O quê? Não está pensando...

– Por que não?

– Porque é uma grande loucura!

– Mesmo sabendo que nessa festa encontraremos a bela Rosalina, por quem bate e se despedaça o seu coração, e mais um número apreciável das beldades mais admiradas de Verona. Já imaginou?

– Imaginou o quê?

– Você poderá comparar o rosto de sua bela donzela com o de outras encantadoras donzelas e, antes de a noite terminar, eu lhe garanto, acabará concordando comigo que seu cisne não passa de um feio e agourento corvo.

– Quanta estupidez! Não há mulher mais bonita em Verona do que Rosalina!

– Bobagem! Despropósito de um tolo apaixonado que se apressa em dizer que a sua amada é a mais bonita que já viu, simplesmente por não ter tido um número razoável de beldades com que a comparar. Venha comigo e verá que tenho razão…

– Na casa dos Capuletos? Por que tipo de louco me toma, meu primo?

– Um louco medroso que tem medo de eu estar com a razão.

– É?

– E não é?

– Pois então que assim seja. Eu irei…

– Ah, mas que valente!…

– … mas apenas para contemplar todas as suas pretensas formosuras e lhe provar que nenhuma delas chega aos pés da minha.

CORO

Pequena donzela,
qual a razão de tanta melancolia
se até ontem ainda era só alegria,
vontade de viver?
Seus olhos traem tristeza
e talvez seja pela certeza
de que a infância,
doce infância,
fica para trás,
na distância,
não volta mais.

CAPÍTULO 3

Angústia e ansiedade se misturavam no ir e vir inquieto da senhora Capuleto pela sala. Acompanhada pela mais velha das amas que acompanhava a filha desde seu nascimento, estava simplesmente desorientada, pois os primeiros convidados chegavam e, por mais que procurasse, não encontrava Julieta.

– Deus do céu, onde estará essa menina? – Parou bruscamente e, encarando a ama, indagou: – Não a encontrou?

– Não apenas a encontrei como lhe informei que a senhora queria ter com ela – respondeu a criada, esfregando as mãos uma na outra, tão nervosa quanto a patroa.

– Então onde está ela? Os convidados já se amontoam à porta e… – A mãe aflita calou-se, aliviada, ao ver Julieta entrar.

Era miúda e de uma brancura que resvalava encantadoramente para uma beleza de traços delicados. Os cabelos fartos e anelados caíam-lhe pelos ombros redondos, e em seus pequenos olhos de um verde aquoso e brilhante ainda se entrevia a vivacidade de uma infância recentemente abandonada, aos poucos e relutantemente substituída pelo ar inevitável de uma adolescência que a inquietava por saber-se igualmente breve.

– Que houve? – perguntou, olhando de uma para a outra. – A senhora me chamou?

– É claro, minha filha – respondeu a senhora Capuleto, aproximando-se.

– O que deseja?

– Como assim? Sua ama nada lhe disse?

– Apenas que me procurava... Do que se trata?

– Em que mundo está vivendo ultimamente, minha querida?

– Fala da festa? Perdoe-me, mamãe, eu...

– Disso também. Mas há outra coisa bem mais importante do que...

– O que seria?

– Está próxima de completar catorze anos, bem sabe, não?

– Realmente?

– Faltam duas semanas! – apressou-se em informar a criada.

– Por favor, ama. Não se intrometa – resmungou a senhora Capuleto, uma mecha dos cabelos grisalhos lhe caindo sobre os olhos ansiosos.

A criada encolheu-se, intimidada, dando alguns passos para trás e ficando mais próxima da porta.

– Perdoem-me, minha senhora, minha criança. – A criada reteve os olhos cinzentos e empapuçados em Julieta, uma expressão terna no rosto precocemente envelhecido. – Foste a mais linda criança que alimentei até hoje, e queira Deus que eu tenha a possibilidade de viver o bastante para vê-la casada um dia...

O olhar espantado de Julieta foi da criada para a mãe, perpassado de uma incompreensão que a fez perguntar:

– Do que ela está falando, minha mãe?

A senhora Capuleto sorriu afetuosamente e informou:

– Era exatamente sobre isso que tencionava conversar com você, minha filha...

– Sobre meu casamento?

– Por que todo esse espanto, minha filha? É o destino de toda mulher casar-se e ter sua casa e seus filhos...

– Mas por que conversar sobre isso agora? Eu ainda nem completei catorze anos...

– Muitas jovens mais novas do que você já são mães...

– Sei disso.

– Então, por que tanta surpresa? Não se sente disposta para o casamento?

– Sinceramente, não. Quer dizer, ainda não.

– Pois eu acredito que seja o momento propício para tocarmos no assunto, minha querida.

– Será mesmo, mamãe?

– Eu mesma já era mãe muito antes da idade que hoje você tem.

– Decerto se está falando sobre isso comigo, já deve ter algum pretendente...

– Não estamos procurando...

– Estamos?

– Eu e seu pai, minha filha. Não procuramos, mas, bem ao contrário, fomos procurados. Tens um interessado em você.

– Quem, posso saber?

– O jovem Páris tem interesse em você para esposa.

Mais uma vez a ama junto à porta se entusiasmou e disse:

– Que maravilha, minha menina! Poucos homens seriam mais interessantes a qualquer jovem de Verona como marido do que o belo e elegante Páris.

A senhora Capuleto juntou-se a ela no entusiasmo, exibindo um largo sorriso e ajuntando:

– Verdade! Verdade!

A expectativa de ambas alcançou Julieta com um demorado olhar de dardejante impaciência.

– Então, minha filha? O que diz? Seria capaz de amar alguém de tal estirpe?

– Se compraz a ambas, procurarei gostar dele... – disse Julieta, sem muito ânimo e interesse ainda menor.

29

A senhora Capuleto mal coube em si de entusiasmo:

– Ótimo! Ótimo! Pois esta noite ele estará presente na festa que estamos organizando, e você poderá ver com os próprios olhos o grande interesse que Páris lhe dedica.

– Quanta sorte, minha pequena! – exultou a ama, achegando-se à mãe e à filha. – São naturais o temor e a incerteza que intranquilizam sua jovem alma, mas, não tenha dúvida, logo verá com agrado o amor de Páris!

– Será?

– Não tenho nenhuma dúvida. Nenhuma, nenhuma. Nenhuma mesmo.

Julieta, diante das grandes certezas da mãe e de sua ama, calou-se. Guardou para si cada uma de suas próprias dúvidas, todas invariavelmente expressando o grande pânico que rondava seus catorze anos incompletos, ainda mais depois que descobriu tão abruptamente que estava sendo empurrada para as responsabilidades de uma vida adulta que acreditava ainda estar bem distante. Pudesse ou de alguma maneira adiantasse, e certamente choraria.

CORO

Quão maravilhosa é a juventude!
Que deliciosa e embriagadora magia
é capaz de transformar um único dia
em improvável eternidade!
Que poderoso sortilégio
nos concede o privilégio
de ignorar o medo
e assumir a grande ousadia
de amar sem responsabilidade
e encontrar a felicidade
sem pensar muito no amanhã!
Quão maravilhosa é a juventude
até no instante em que nos ilude
e nos faz acreditar que será
para sempre!...

CAPÍTULO 4

O pequeno grupo parou, e no outro lado o clarão das tochas carregadas por alguns deles iluminou o imponente casarão dos Capuletos. Os olhos de Romeu deambularam pelos rostos que o rodeavam e, por fim, detendo-os na figura sorridente e debochada de Benvólio, perguntou:

– Vamos recitar algum discurso para sermos aceitos ou penetramos sem desculpa ou vergonha?

– Isso é coisa do passado, meu primo! – respondeu Benvólio, sacudindo os ombros displicentemente.

– Como é que é?

– Que foi, bobalhão? Esqueceu? Isso é coisa do passado…

– É?

– Hoje aqueles que não têm convite não se ocupam mais em fazer discursos elogiosos aos donos da casa para serem aceitos. Eles simplesmente vão entrando.

– Não é muito abuso?

– Quem se importa? – Benvólio lançou um olhar atrevido para o outro lado da rua, ajeitando as roupas elegantes no corpo musculoso. Torcendo as pontas do bigode até que ficassem uniformes e apontando para o alto, sacudiu a vasta cabeleira castanha-escura e atravessou a rua em largas passadas.

– Dê-me uma tocha! – pediu Romeu, retirando uma delas da mão de um dos homens que os acompanhavam. – A vida anda tão escura para mim que preciso de toda luz que conseguir.

Marchou no encalço de Benvólio, os outros homens escoltando-o.

– Que bobagem está dizendo, querido amigo? – protestou Mercúcio, um gigante avermelhado e de espessas suíças prematuramente brancas. – Queremos que dance, que se divirta....

– Estou sem ânimo para tanto, nobre Mercúcio. Minha alma está pesada e mal consigo tirar meus pés do lugar...

– Está apaixonado, e, como muitos em sua situação, sofre por amor. Faça suas as asas de Cupido e voe sobre o salão atrás das muitas donzelas que esperam por nós.

– Estou sem sorte. As flechas da paixão com que ele vitimou meu coração me atingiram tão cruelmente que não consigo me afastar um palmo do chão.

– Se o amor o machuca, machuque-o também, Romeu.

Pararam em frente à larga porta, e Benvólio bateu com vontade.

– Atenção, meus amigos: assim que abrirem, será cada um por si, ouviram bem?

Inquietos, a ansiedade levando uns e outros a trocar olhares nervosos de desconfiança e hesitação, todos os olhos convergiram para a porta, que, maciça e silenciosa, insistia em se abrir para o grupo de impertinentes.

– Outra tocha! Outra tocha! – insistiu Romeu, estalando os dedos.

Benvólio atravessou o indicador sobre os lábios e exigiu silêncio, alegando:

– Quietos! Penso ter ouvido passos...

Depois de passar nova tocha para Romeu, Mercúcio ainda quis acalmá-los:

– Tranquilas, tranquilas, almas infantis! Até parece que nunca estiveram em semelhante aventura...

– Não em território tão hostil... – argumentou Romeu. – Tive um sonho nesta noite...

– E eu tive outro. E daí? O que isso nos torna? Dois sonhadores ou dois medrosos?

– Algumas vezes os sonhos nos levam a caminhos de verdade e precaução...

– Sonhadores quase sempre mentem, meu amigo, a começar para si mesmos.

– Pois o meu a mim me pareceu bem verdadeiro...

E não é por causa disso que são tão sedutores, pequeno Romeu?

Benvólio, impaciente e em certa medida irritado, colocou-se entre os dois e resmungou:

– Querem parar com tais bobagens? Enquanto estão tagarelando como duas velhas fofoqueiras, pressinto que o melhor da festa já se foi...

– Comida? – indagou Mercúcio, os olhos luzindo de grande interesse.

– Sinto muito, mas ao que parece a ceia acabou...

– Como sabe?

– A música, seu tolo. Acaso ainda não ouviu o som dos primeiros instrumentos? O baile vai começar...

Calaram-se, surpresos, quando a porta se abriu diante de todos e um criado apareceu, olhando-os com curiosidade.

– O que estão esperando? – insistiu, apontando para o interior barulhento do luxuoso palacete. – Rufem os tambores, coloquem suas máscaras e entrem rapidamente, seus rufiões linguarudos!

Precipitaram-se porta adentro.

CORO

De que é feita a ilusão
de que nada é mais invencível
do que o amor?
Por que a ele se entregar
se sabemos de antemão
que quanto maior a paixão,
maior a possibilidade de encontrarmos
apenas dor e decepção?
Por que sois insensato,
ó coração,
se de fato
o prazer em tais circunstâncias
anda de mãos dadas
com a ilusão
de que a todos os obstáculos
podemos superar
com nossa paixão?

CAPÍTULO 5

Muitas vezes o coração apaixonado se vê atraiçoado, vencido em sua paixão por outra maior e completamente sem explicação.

Entender?

Nem pensar. Impossível. O mais incrível, verdadeiramente assustador, é que ele surge, leviano e tolo, sem nenhuma intenção, feito de brilho incerto em olhar inquieto, magoado por amor intenso, porém não correspondido, abandonado em sua devoção e ardor. Talvez se encontre explicação em qualquer forma espúria de compensação, refúgio contra aquela decepção que magoa de verdade.

Na verdade, ninguém sabe explicar e, em razão disso, igualmente entender. O amor é essa coisa exasperante que surge em um instante e começa por se espalhar e se apossar de nossa racionalidade. Com Romeu não foi diferente e fez-se até inconsequente.

Ele e os companheiros invadiram a festa dos Capuletos atrás de abuso e talvez até de confrontação, desde que esta se fizesse por meio dos pés e das mãos, pois sobre um e outro lado em tão prolongada inimizade pairava a possível certeza de severa punição através das leis de Escalo, príncipe de Verona. No entanto, já que as lâminas afiadas, e consequentemente mortais, de espadas e adagas estavam em princípio interditadas, a lei era omissa com relação aos casos de troca de murros e empurrões, deliciosa possibilidade a que nenhum deles viraria as costas.

Romeu e os companheiros de farra e provocação pensavam vagamente em zombar dos seus velhos rivais e desafiá-los. Estranhamente, sem nenhuma explicação, mesmo sem se preocupar em não se fazerem vistos e muito menos reconhecidos, nenhum dos Capuletos, mesmo que houvessem reconhecido cada um deles, se aproximou ou se interessou em expulsá-los da festa. Frustrados em sua intenção, nem Romeu nem os companheiros viram razão para partir, mas ao contrário, como é tão característico aos jovens, partiram em busca de diversão, não sendo menores o interesse e o encanto despertado pelas donzelas presentes. Armadilha inescapável do destino, foi exatamente quando procurava por Rosalina que os olhos de Romeu se encontraram com os da bela e tímida Julieta, a solitária e confusa flor no jardim zelosamente protegido dos Capuletos, e tudo se deu como se imagina, tal a intensidade lampejante de interesse que atraiu um para o outro.

Explicar?

Tolice tentar.

Nem valeria a pena enveredar por tão escorregadio e traiçoeiro caminho, quando melhor se aproveita o tempo falando do amor que incendiou almas tão jovens e tão diferentes.

Tudo em um instante perdeu valor e importância. A própria voz do velho Capuleto chamando a todos para a dança: "Bem-vindos, cavalheiros! Em meus bons tempos, também se usava máscara e se sabia sussurrar histórias aos ouvidos de uma bela dama, que acontecia encantar-me... Vamos, músicos, toquem! Afastem! Afastem! Deem espaço para as danças!".

Qual a relevância?

Mal a ouviram!

Palavras sedutoras partiram de parte a parte, pois o interesse era comum e crescente desde o início. A paixão, a paixão. A paixão alcançou-os de maneira muito rápida, fulminante, poder-se-ia dizer sem maiores temores de estar exagerando, dando vultos de irremovível paixão a um simples flerte de um baile no qual se entrou sem convite. As horas diluíram-se no ardor das mãos entrelaçadas, nas palavras trocadas com carinho, a profundeza cintilante dos olhares convidando um para fazer parte do outro, até que seus lábios se encontraram entre os outros tantos casais que dançavam pela semiescuridão do amplo salão.

– Beije-me de modo elegante e terno… – disse Julieta em dado momento, quase permitindo que os braços dele a envolvessem completamente e a arrastassem para um canto.

Desfez-se o encanto de tão adorável momento quando a velha ama achegou-se ao casal.

– Senhora, por favor…

Julieta desvencilhou-se dos braços de Romeu, tolhida pela vergonha que enrubescia seu rosto por inteiro.

– O que foi? – balbuciou, praticamente sem fôlego.

– Sua mãe a chama.

– Para quê?

– Ela não me disse. Apenas solicitou que viesse chamá-la, pois tem algo muito importante a lhe dizer.

Espantado ou meramente zombando da ama, Romeu indagou:

– E quem é a mãe dela, eu poderia saber?

A ama lhe lançou um olhar hostil e respondeu:

– A mãe dela é o que perguntas, meu rapaz? A mãe dela é a senhora desta casa, e da mãe ela herdou a prudência e a virtude, não é mesmo, minha menina?

Julieta baixou os olhos, embaraçada, e, depois de um sorriso tímido, afastou-se na companhia da criada.

Romeu a seguiu com os olhos e, aturdido, gemeu:

– Não posso acreditar. Ela é uma Capuleto!

Aparecendo às suas costas, Benvólio, o cenho franzido, uma expressão preocupada no rosto brilhante de suor, ajeitou a máscara sobre os olhos e acrescentou:

– Todos aqui o são. Qual a novidade?

– Quer dizer que devo a minha vida a meu inimigo?

– Então é melhor não abusar da sorte e sair o mais depressa possível daqui. Nossa brincadeira está ficando perigosa demais.

Os dois quase se chocaram com o velho Capuleto, que, sorrindo para um e para outro, disse:

– Por favor, cavalheiros, não partam ainda. Aguarda-nos um modesto e insignificante...

Benvólio inclinou a cabeça em uma breve mesura reverenciosa e disse:

– Infelizmente viemos de longe, meu honorável anfitrião, e a estrada que nos leva de volta para casa é das mais perigosas...

– Ah, compreendo... – aduziu Capuleto, os olhos fixos em Romeu. – Aventurar-nos por caminhos desconhecidos pode nos tornar vítimas de perigos bem conhecidos, não é verdade?

– Certamente... – gemeu Romeu.

– Pois, então, obrigado a todos... Obrigado, respeitáveis cavalheiros.

Os dois se afastaram em largas passadas e, juntando-se aos outros companheiros de farra, saíram.

Teobaldo, um jovem de feições macilentas e longa cabeleira negra, acompanhou-os com os olhos, enquanto se achegava às costas de Capuleto.

– Pela voz, eu o reconheci – disse, entredentes. – É um Montecchio. E acredito que o outro também o seja. Traga minha espada!

– Não – disse Capuleto, olhando na mesma direção, como se Romeu e Benvólio ainda estivessem a poucos metros dele.

– Mas, tio, eles são nossos inimigos. Vieram aqui, comeram e beberam à nossa custa com o único intuito de nos ridicularizar...

– Não é o jovem Romeu?

Teobaldo espantou-se:

– O senhor sabia?

– Desde que o vi ainda entrando...

– Se o senhor sabia de quem se tratava, por que não o enxotou daqui? Foi uma afronta das maiores...

– Acalme sua alma sedenta de sangue, meu sobrinho. Ele aqui veio e se comportou como um homem de honra. Na verdade, apesar de ser filho de meu grande inimigo, ele é um homem de honra, e toda Verona tem muito orgulho dele...

– É assim que o senhor se comporta quando entre seus convidados se encontra um vilão dessa estirpe? Resigna-se?

– Sim, resigno-me, como você também se resignará.

– Por Deus, meu tio, sinto-me humilhado!

– Basta! Está levantando a crista em demasia! Acaso você é o dono da casa?

– Isso é uma vergonha, meu tio!

– Basta, eu já disse!

Julieta os viu discutir e silenciosamente os viu afastar-se, Teobaldo ainda contrariado e agarrado ao cabo da espada que um dos criados lhe trouxera e o velho Capuleto o impedira de usar contra Romeu e os outros. Mais uma vez sozinha diante da porta, virou-se para a ama a seu lado e perguntou:

– Como você disse que era o nome daquele que mais flertou do que dançou comigo?

– O nome dele é Romeu, minha menina. É um Montecchio – respondeu a ama, apreensiva. – Filho único de seu grande inimigo.

– Eu bem sabia, mas não quis acreditar...

– No início, eu não o reconheci e, quando o reconheci, não fui capaz de afastar-me dele.

– Pois deveria...

– Como posso amar tão profundamente aquele que odeio com igual profundidade?

– Para o seu próprio bem e até daquele que diz amar tão profundamente – a ama fez o sinal da cruz, alarmada –, Deus seja louvado, você deveria tentar.

– Como?

A ama chorou, angustiada, e Julieta a abraçou, tomada de igual angústia e confusão de sentimentos, vozes varando a noite com impaciência e repetindo seu nome...

"Julieta! Julieta!"

– Estão chamando você, minha menina – disse a ama, choramingando, ainda abraçada a Julieta. – Todos os convidados já se foram...

CORO

Como explicar o amor
se, esquecida a razão,
o coração envereda pela própria incompreensão
e faz e desfaz sem sentido algum?
Incrível como a paixão
pode apresentar-se poderosa e invencível,
e no momento seguinte...
Que incrível!
Perder-se em inacreditável irrelevância.
De um momento para o outro,
aquela por quem a vida daria,
e sem a qual nenhum sentido teria,
investiu-se de pouco valor,
trocada por outro amor.
Romeu amando e sendo amado,
ainda mais apaixonado,
no entanto,
carrega no coração
uma única preocupação:
sendo inimigo,
grande é o perigo,
e, portanto,
não pode se aproximar de Julieta.
Mas não há medo,
apenas a saudade
que a força da paixão
logo transforma em felicidade
onde quer possam
se encontrar.

CAPÍTULO 6

Benvólio e Mercúcio rasgaram a noite escura e silenciosa, corações pulsantes, quase saindo pela boca, as pernas formigando em dor lancinante e crescente. Mal se aguentavam em pé, o ar lhes faltando em pulmões exauridos.

– Tem certeza de que você o viu vir nesta direção? – perguntou Benvólio, apreensivo, chamando por Romeu várias vezes.

– Cale-se, tolo! – censurou Mercúcio, os olhos desconfiados deambulando pela escuridão. – Seu primo é sensato e a essas horas já deve ter-se recolhido...

– Ia nesta direção quando eu o perdi de vista, tenho certeza...

– Paixão absurda! Não tem o menor cabimento Romeu apaixonar-se desta maneira!... E logo pela filha do Capuleto!

– Já seria a segunda Capuleto...

– Que fosse Rosalina. Ela não é a filha do Capuleto...

– Romeu sempre foi assim. Cego é seu amor e toda essa escuridão, sua grande aliada. Vamos continuar procurando. Talvez ele esteja entre as árvores.

– Cego ou não, não vejo razão para corrermos inutilmente de um lado para o outro – Mercúcio olhou ao redor, os braços erguidos e as mãos agitadas para o céu de poucas estrelas. – Boa noite, Benvólio! Vou para minha cama dormir...

– Mas Mercúcio...

– A noite é cama hostil e fria demais para que eu possa nela dormir! Venha, Benvólio, vamos embora!

Benvólio sacudiu a cabeça, desconsolado, e admitiu:

– É, talvez seja melhor mesmo. É inútil procurar quem, como vemos, não quer ser encontrado.

Mais uma vez empoleirado no alto do muro que separava os jardins dos Capuletos da rua deserta, Romeu viu os dois amigos se afastar. Sentiu-se culpado. Sabia que ambos se preocupavam. Teobaldo rondava as ruas próximas do imponente casarão da família, e a espada na mão esclarecia à perfeição quais eram as suas intenções e deixava claro que ele sabia muito bem dos encontros furtivos entre Romeu e sua prima.

Nada mais natural. Até esperado. Verona fervilhava de informantes que por uma moeda venderiam a mãe sem o menor remorso e mesmo se apressariam a entregá-la. As paredes tinham olhos e ouvidos e estariam à disposição de qualquer um que oferecesse o melhor preço pela mercadoria que vendiam.

Não era mais segredo, se é que fora algum dia, que se encontrava secretamente com Julieta havia dias. Um coração revigorado e mais angustiadamente ansioso por viver, amar e ser amado batia forte em seu peito, mais e mais aprisionado àqueles olhos calorosos e tão surpreendidos com a intensidade e quantidade estonteante de sentimentos que surgiam a cada nova troca de olhares entre ambos.

Julieta... Julieta... doce Julieta...

O nome da mulher amada desprendia-se delicadamente de seus lábios. A paixão incendiava as palavras que deambulavam confusamente em seus pensamentos. Gostaria de dizê-las e, mais do que isso, repeti-las incansavelmente. Impacientava-se com sua ausência. Enchia-se de dúvidas e temores...

Os boatos eram cada vez mais frequentes e davam como certo o casamento de Julieta com Páris. Dava-se como certeza que todos os preparativos para tão desejada união já haviam sido feitos e esperava-se apenas pela data mais oportuna para que as núpcias se tornassem realidade.

Nunca! Nunca! Nunca!

Romeu desesperava-se. Mataria Páris, dizia de si para si, enlouquecido de medo e paixão, enquanto a alma inquieta descia do alto dos muros para a incerteza perigosa das alamedas floridas do amplo jardim dos Capuletos.

Que fazer?

O que pensar?

Como se libertar de escravidão tão completa quanto deliciosa daqueles pensamentos que anteviam os encontros com Julieta naquelas horas roubadas aos planos ambiciosos dos Capuletos?

Pensava na umidade febricitante de seus lábios quando alcançados pelos dela. O odor embriagador dos cabelos que roçavam sua fronte. A excitação do corpo dela apertado contra o seu, lúbrico e apaixonado.

Amor enlouquece, insistia, indo e vindo pelas alamedas coleantes. Tolo é aquele que padece por amar demais...

Onde estaria?

O fato de seus encontros furtivos não serem mais segredo apenas o preocupava mais.

E se os pais a levaram para longe da cidade?

Seria o casamento com Páris realizado em outro lugar?

Sabia que a família dele era do Norte...

E se ela tivesse sido levada para lá?

Ah, Deus do céu, nem pensar!

Repentinamente, grande alívio, quase desmaiou ao ver uma das janelas à sua frente abrir-se e Julieta emergir da luminosidade de um quarto para a varanda deserta, os olhos em tensa expectativa, vasculhando a escuridão.

– … Surja, claro sol, e mate a lua de inveja, já doente e pálida de desgosto, vendo que você, sua serva, é bem mais bonita do que ela! – Aproximou-se, coração pungente e as mãos trêmulas estendidas em sua direção, como se pudesse alcançá-la. – Ela é o meu amor!…

– Está louco, Romeu? – preocupou-se Julieta, debruçando-se na balaustrada da varanda. – Se Teobaldo e os outros o encontram aqui…

– Que importa Teobaldo ou qualquer pessoa de nome Capuleto? Tudo o que me importa neste mundo é você, Julieta.

– E o mesmo digo eu em relação a você. Tem horas que não sei o que fazer. Tem horas que penso em pedir que renegue seu nome…

– E eu provavelmente o faria de imediato.

– Não, não, de modo algum. Eu é que deveria deixar de ser uma Capuleto se você dissesse que me ama do fundo de seu coração…

– Outra bobagem!

– Somente seu nome é meu inimigo. Romeu você é e Romeu será até o último de seus dias, seja ou não um Montecchio. O que é Montecchio senão apenas um nome? O que chamamos de rosa, se tivesse outro nome, ainda assim exalaria o mesmo perfume tão agradável. Pois então? Da mesma forma, se seu nome não fosse Romeu, ainda assim você seria a mesma criatura gentil e carinhosa por quem me apaixonei…

– Se isso significar que estaremos juntos para todo o sempre, chame--me simplesmente "amor", e me considerarei batizado. Daqui para diante, jamais serei Romeu.

– Estou com medo. Não sei o que dizer. Se um de meus parentes pegar você aqui, certamente o matarão.

– Pois acredite, minha doce donzela, mais perigos há em seus olhos do que em vinte espadas deles…

– Não quero que eles o encontrem…

– O manto da noite me protegerá.

– Ó gentil Romeu! Se você me ama, diga-o com sinceridade…

– Senhora, juro por essa lua que coroa de prata as copas dessas árvores…

– Não jure, não será necessário. Mas, se quiser jurar, que o faça em seu nome simplesmente, e eu acreditarei sem maior dificuldade.

– Pois que assim seja! Se o profundo amor de meu peito...

– Não, não jure. Que as coisas não se apressem demasiado entre nós, pois isso me aflige e me inquieta. Boa noite, Romeu...

– Mas, Julieta...

– Você se arrisca em demasia, e isso me preocupa.

– Eu... eu...

– Boa noite. Que tão doce e calmo repouso alcance seu coração, como o que bate forte dentro de meu peito!

– Por que quer me deixar assim tão insatisfeito, minha querida?

– Que satisfação poderia lhe dar nesta noite?

– Jure que me ama.

– Outra vez? Qual o propósito desse pedido?

Repentinamente, ouviu-se uma voz de dentro do quarto. Romeu reconheceu a voz da velha ama. Passos lentos aproximavam-se. Olharam-se, Julieta dizendo:

– Estão me chamando...

– Tem hora que penso estar sonhando e que nada disso é verdadeiro!

A voz da ama soava impaciente dentro do quarto, perpassada de apreensão e desconfiança.

– Já vou, ama querida... – prometeu Julieta, antes de virar-se para Romeu e dizer: – Querido Romeu, se seus pensamentos de amor são honestos e verdadeiros e você pretende realmente casar-se comigo, envie amanhã, por meio de uma pessoa que mandarei procurá-lo, um bilhete dizendo onde e a que hora você deseja que aconteça a cerimônia, e colocarei minha vida em suas mãos.

A ama se aproximava. A voz soava mais forte e, naquele instante, aflita. Novamente os olhos de Julieta encontraram-se com os de Romeu.

– Mas, se outras e desonestas forem as suas intenções, eu lhe imploro...

A ama gritou:

– Senhora!

– Acabe com seus galanteios e me deixe só com a minha decepção. Amanhã mesmo mandarei alguém...

Romeu sorriu.

– Que assim seja, minha doce Julieta... – Despediu-se, alma alheia, por um instante e apenas por um instante que se espalhou pela eternidade comum ao desvario de uma grande paixão, os olhos ansiosos, fixos na varanda, como se Julieta fosse retornar e lhe fazer novas promessas de amor sincero. Coração oprimido por intensa ansiedade, os olhos cintilaram em poucas lágrimas de genuína e invencível paixão.

CORO

Coração extremado,
tomado por ódio insano
e sem explicação.
A honra e o bom nome humilhados
exigem sangue derramado.
Por quê?
Ninguém sabe,
vai-se saber?
Inimigos precisam de sangue
para manter e conservar
a própria inimizade,
um sentido espúrio
para a própria existência.

CAPÍTULO 7

As olheiras profundas de aspecto desagradável traíam mais do que apenas as noites insones e os pensamentos ruins que deambulavam por sua mente inquieta. Linhas finas e avermelhadas de sangue serpenteavam por escleróticas amarelecidas, o branco dos olhos como que se diluía em raiva crescente e ódio a muito custo contido ao longo de dias e mais dias depois da ultrajante invasão da festa dos Capuletos por parte de Romeu e seus companheiros de farra.

Teobaldo era a mais completa imagem do inconformismo e da contrariedade. Dormia poucas horas ao longo da noite, e o alvorecer de dias sombrios invariavelmente o encontrava sonolento e irritadiço, disposto a brigar com qualquer um que cruzasse seu caminho. Entre uns poucos companheiros, maldizia o tio, que o impedira de correr no encalço de Romeu e sangrá-lo até que se sentisse vingado.

– Às favas as normas da hospitalidade! – urrava, inquieto, indo e vindo pelos dias que se seguiram à malfadada festa, como que possuído por mil demônios, desgrenhado e, em mais de uma ocasião, com a espada na mão. – Nenhum Montecchio zomba de um Capuleto e sai por Verona se gabando do feito!

Entrava e saía de tabernas e hospedarias fazendo ameaças, brandindo a espada e vociferando toda sorte de ameaças aos inimigos de longa data.

– Morte aos Montecchios! – era o mais frequente, e a ele se juntavam outros tantos companheiros, muitos Capuletos como ele, boa parte deles apenas para agradá-lo ou para impedi-lo de se envolver em brigas com qualquer um que tivesse alguma relação, por menor e episódica que fosse, com seus inimigos.

As veias engrossavam em seu pescoço taurino, pulsantes de genuíno ódio, e, depois de duas semanas, era possível encontrá-lo espreitando próximo à casa dos Montecchios, esperando por Romeu. O ódio acumulou-se ainda mais e de maneira apreciável quando os boatos sobre Romeu e seu envolvimento com a prima Julieta chegaram aos seus ouvidos.

Teobaldo enlouqueceu.

Alma destroçada por grande vergonha, desvencilhou-se dos últimos temores acerca das consequências de burlar as leis instituídas pelos governantes de Verona e resolveu desafiar Romeu para um duelo. Pouco importava se fosse condenado à morte se Romeu morresse antes e por suas mãos. Novamente a cidade respeitaria a família Capuleto.

A carta partiu antes do alvorecer de uma manhã fria e chuvosa, mas infelizmente Romeu nunca a leu. De qualquer forma, a fúria de Teobaldo o alcançou com resultados devastadores para ambos.

CORO

Onde reside a boa intenção,
interessada em ajudar
ou mesmo aplacar
dor intensa ou sofrimento desnecessário,
muitas vezes encontramos o perigo involuntário,
a desgraça antes da solução.
Demasiado humano,
o engano nunca faz parte da equação
que busca somar o irreconciliável
com o inesperado e o improvável
das paixões humanas,
triste dízima periódica
constituída por números imaginários,
cujo resultado é quase sempre a incompreensão.
Não cabemos em números concretos,
mas decerto
somos mera ilusão.

CAPÍTULO 8

Frei Lourenço marchava vagarosamente e sem pressa alguma pelos anos e, naqueles dias, contava pelo menos cinquenta e poucos anos quase inteiramente dedicados à vida monástica e à curiosidade comum aos homens obcecados pelo conhecimento. De pequena estatura e ralos cabelos grisalhos que escorriam pela cabeça abaulada a partir de uma pequena tonsura, os olhos pequenos e cinzentos praticamente desapareciam em sucessivas pregas de uma velhice inescapável, agravada pelos dedos retorcidos e artríticos.

– Bom dia, padre! – Romeu o encontrou quando ele retornava do pequeno jardim do qual cuidava zelosamente havia mais de vinte anos, desde que chegara ao convento nos arredores de Verona.

– Deus seja louvado, meu rapaz! – surpreendeu-se o religioso, devolvendo-lhe o sorriso, enquanto o recém-chegado retirava de seu braço o cesto que carregava uma mistura extremamente cheirosa de flores e legumes. – O que o fez pular da cama tão cedo? Na verdade, se meus velhos olhos não me traem, ouso dizer que não me parece que você tenha deitado em qualquer cama na noite passada…

– Pois é, padre...

– O que houve? Para vir de tão longe e a essa hora, imagino que esteja envolvido em outra de suas confusões e...

– É e não é.

– Como assim?

– Essa noite eu não dormi em uma cama.

– Mas este não é o motivo que o trouxe até aqui, estou certo? Se for, perdeu seu tempo. Minha cama, asseguro-lhe, é bem pior do que a sua ou do que qualquer uma em que até hoje você já tenha se deitado.

Gargalharam gostosamente. Romeu, por fim, admitiu:

– Não, eu não vim aqui por causa de sua cama...

– E por que veio então? Vai me contar?

– Na noite passada meu repouso foi bem mais doce.

– Pare! Pare, jovem pecador! Eu não estou interessado em ouvir sua confissão!

– Não é nada disso, padre...

– Esteve com Rosalina?

– Que Rosalina?

Frei Lourenço espantou-se.

– Ah, a leviandade da juventude... Não me diga que já a esqueceu! Logo você que ainda há poucos dias estava disposto a dispor da vida tão facilmente, cansado da indiferença dela...

– Não me recordo de tal nome e, muito menos, de tão grande despropósito.

– Ah, mas que notícia mais alvissareira. Mas então do que estamos falando?

– De quem, o senhor quer dizer...

– Tem outra ocupando seu coração?

– Sim, e o nome dela é Julieta.

– Excelente notícia, meu rapaz, excelente notícia!

– Eu a amo, e, agora sei, ela alimenta sentimento semelhante por mim. Estamos apaixonados…

– Nossa, que novidade!…

– Não, não, padre. Agora é verdadeiro o que sinto por ela…

– … e sem ela sua vida não tem sentido, eu sei.

– Não zombe de meus sentimentos, eu lhe suplico, pai. O que sinto é genuíno e por ele enfrento até o inimigo.

– Seja mais claro, filho…

– Meu coração pertence à filha do rico Capuleto, e desde ontem o dela me foi entregue com palavras maravilhosas e de enorme sinceridade…

Frei Lourenço empalideceu e descuidou-se ao subir um pequeno lance de escada, quase despencando degraus abaixo.

– Deus seja louvado… – balbuciou, os olhos arregalados e fixos em Romeu. – O que você fez, Romeu?

– Pouco tenho a ver com o que não posso controlar, padre. Estamos apaixonados e por nosso amor dispostos a ignorar todo o resto, a começar pela rixa estúpida entre nossas famílias.

– Por São Francisco! Que está me dizendo? Já esqueceu a bela Rosalina?

– Não entendo. Está me condenando? Logo o senhor que criticava meus arroubos apaixonados e dizia que… que…

– Sei bem o que disse, meu filho, mas… mas…

– Mas o quê? Eu simplesmente enterrei aquele amor!

– Apenas para buscar outro túmulo para si mesmo.

– Que está dizendo, padre? Nunca me senti tão feliz. Encontrei alguém que me paga bondade com bondade e amor com amor, em tudo diferente da indiferença de Rosalina…

– Bem sei que, se tivesse juízo, deveria condená-lo e a esse seu novo amor…

– Por Deus, eu lhe imploro que não o faça, padre…

– Não, não o farei, pois vejo nele a possibilidade de pôr um fim definitivo na rixa entre suas famílias.

– Vai nos ajudar?

– Deus me condene e castigue se estiver fazendo a coisa errada, mas, sim, eu os ajudarei...

– Ao amor que se apresenta honesto e tão profundo quanto o nosso, tenho certeza, os céus só poderão abençoar. Quando, onde e como nos vimos, apaixonamo-nos e trocamos nossos votos de amor, eu prometo, contarei enquanto entramos. Por ora, nada mais peço além de que nos case ainda hoje.

– Absolutamente, Romeu, absolutamente!...

CORO

A que distância nos leva a paixão
antes que surja a compreensão
de que cada ato gera consequências,
e algumas podem ser perigosas demais?
Em contrapartida,
quão difícil é esperar encontrar bom senso
em um coração apaixonado?
Então, o que fazer?
Simplesmente esperar acontecer
como as coisas de amor acontecem
e tentar ajudar
aqueles que dele padecem
apenas esperando que não sofram demais
ou que estejamos errados
em tanta preocupação?
Ah, coração,
o que esperar
quando estamos em suas mãos?

CAPÍTULO 9

Foi justamente Mercúcio, o mais aborrecido com o desaparecimento de Romeu, que o viu avançando, sorridente, na direção de ambos. Cutucando Benvólio, de pé a seu lado, pediu:

– Olhe quem está vindo aí.

– Já não era sem tempo – disse Benvólio, igualmente contrariado, porém bem mais controlado, acompanhando a aproximação de Romeu.

– Onde diabos terá dormido?

– Na casa do pai é que não foi, tenho certeza. Falei com um dos criados, e ele me disse que desde ontem não veem Romeu por lá.

– Essa Rosalina ainda vai enlouquecê-lo!

– Se esse fosse o único problema que o aflige…

– O que quer dizer?

– Teobaldo, um dos parentes de Capuleto, mandou-lhe uma carta.

– Um desafio?

– Ninguém sabe. No entanto, depois da farra que fizemos na festa do velho Capuleto, não acredito que alguém como ele se ocupasse em escrever uma carta apenas com desaforos.

– Que dilema, hem? Apunhalado pelos belos olhos negros de Rosalina ou espetado na ponta da espada de um Capuleto de cabeça quente…

Calaram-se quando Romeu achegou-se a ambos e, olhando para um e outro, brincou:

– Bom dia para ambos! Acaso ficaram chateados por eu os ter enganado?

Mercúcio fez um muxoxo de contrariedade, a cara amarrada e os olhos dardejantes fixos em Romeu.

– Imagine…

– Pode perdoar-me, bom Mercúcio? – indagou Romeu, conciliador. – Um assunto muito importante exigia a minha atenção, e eu esqueci-me inteiramente da cortesia devida a amigos tão estimados…

– A que nos leva a amizade, não é mesmo? Está perdoado!

– Você é a verdadeira flor da cortesia, Mercúcio.

– Melhor não exagerarmos nos elogios, está bem?

– Como quiser…

Benvólio colocou-se entre os dois e, virando-se para Romeu, indagou:

– Afinal de contas, onde você se enfiou, primo? Ficamos bem preocupados…

– Eu… – Romeu calou-se bruscamente, surpreso, ao reconhecer a ama de Julieta que dele se aproximava na companhia de um velho careca e magricela.

Ela o chamou de Pedro quando pediu:

– Meu leque.

Em seguida, virou-se para os três e os cumprimentou:

– Deus lhes dê um bom dia, cavalheiros.

Entrincheirada atrás do leque, como que a querer proteger-se da curiosidade dos que iam e vinham à sua volta, mediu a todos com os olhos opacos e por fim perguntou:

– Algum de vocês poderá me dizer onde posso encontrar o jovem Romeu?

– Acredito que esteja me procurando, senhora – admitiu Romeu.

– Se você é realmente aquele que procuro, senhor, tenho algo de muito importante a lhe dizer... – A ama lançou um rápido, porém significativo olhar, antes de concluir: – A sós.

Romeu concordou e, virando-se para Benvólio, disse:

– Vou ter com os dois daqui a pouco, primo.

Benvólio concordou com um aceno de cabeça e afastou-se, puxando Mercúcio pelo braço.

– Você pode falar agora sem nenhum constrangimento, senhora – disse Romeu, mais uma vez encarando a ama.

– A minha jovem senhora encarregou-me de procurar...

– Julieta? Aconteceu algo com ela?

– Nada, eu lhe asseguro...

– Então?

– Quanto ao que eu lhe direi, antes de mais nada eu gostaria de lhe assegurar que guardarei para mim. Antes disso, no entanto, eu gostaria que soubesse que, se pretende fazer minha menina de boba, sua atitude seria reprovável e indigna de um jovem de sua estirpe, principalmente por sabermos o quão igualmente jovem e inocente é a bela donzela a quem dediquei a melhor parte de minha existência.

– Pois eu lhe asseguro que nada semelhante me passou pela cabeça, e meu propósito para com ela são os mais sinceros e honestos possíveis.

– Que felicidade! Minha senhora será uma mulher feliz a seu lado, eu acredito!

– É o que desejo do fundo de minh'alma, eu lhe juro!

– Direi à minha menina que você fez um juramento, bom Romeu, o mais cavalheiresco que já tive a oportunidade de ouvir.

– Diga um pouco mais...

– O quê?

– Peça a ela que se valha de algum pretexto para ir esta tarde confessar-se e lá, na cela de frei Lourenço, ele se comprometeu a nos confessar e casar.

– Pode ficar tranquilo, senhor. Ela estará lá.

– Dentro de uma hora meu criado se encontrará com você e lhe levará cordas, que formarão a escada que me trará Julieta...

– Por favor, senhor, deixe que lhe diga...

– Que deseja, minha cara ama?

– Há outro cavalheiro na cidade, chamado Páris. Ele tem interesse em minha menina, mas ela certamente preferiria relacionar-se com um sapo, um sapo verdadeiro, a alimentar qualquer esperança no coração e na alma do tal cavalheiro. Eu mesma a deixei irritada em muitas ocasiões ao dizer que Páris seria o homem de que ela necessita. Arrependo-me. Sinceramente, hoje me arrependo, pois Julieta só tem olhos para o senhor e seria deveras infeliz ao lado mesmo de um bom homem como Páris...

– Recomende-me à sua senhora, ama – pediu Romeu, despedindo-se da velha criada.

– Sim, mil vezes.

CORO

A lâmina afiada
clama,
angustiada,
pelo sangue derramado
que devolverá a honra ultrajada.
Olhos avermelhados
há muito não conciliam o sono
e, ferozes, entregam-se ao abandono
da espera angustiante,
Inalcançável instante
em que a paz retornará
ao coração ofendido.
Por quanto tempo
Teobaldo será capaz de esperar
e suportar a noite interminável
de tão profundo ódio?
Quem saberá?

CAPÍTULO 10

Teobaldo o viu passar, distraído por pensamentos desconhecidos, uma ansiedade de sorrisos fáceis e grande animação traindo uma felicidade que apenas alimentou ainda mais o ódio que fazia seu coração bater mais apressadamente. Mesmo não sabendo exatamente o que se passava em sua cabeça, foi fácil supor que envolvesse Julieta.

Reconhecera a mulher que chegara escoltada por um dos criados da casa do tio Capuleto. Era a ama da prima. Certamente trouxera alguma mensagem de Julieta e retornava com uma de Romeu para ela, a explicação mais plausível para a felicidade que o odiado Montecchio não era capaz de esconder.

Os dedos estreitaram-se ferozmente em torno da espada que a custo conseguiu manter dentro da bainha. Com muita força. Tanta força que por fim os nós dos dedos esbranquiçaram-se.

Por que esperar?

Por que não o atacou ali mesmo, no meio da rua, em plena luz do dia e alcançável pelos olhos das pessoas que iam e vinham pela ampla avenida e pelas ruas e vielas que dela partiam em interminável e palpitante teia de vida?

O que poderia ser mais conveniente do que lavar o nome dos Capuletos com o sangue de um Montecchio diante de tantas testemunhas?

Não compreendeu a si mesmo. Continuou imóvel, entrincheirado entre as mesas de uma taberna, vendo-o distanciar-se pela avenida, a irremovível alegria despreocupada no rosto, mente ocupada com sabe-se lá que pensamentos.

A precipitação poderia lhe custar caro e, nessas horas de paciente premeditação, entregava-se a arquitetar e abandonar planos para vingar-se de Romeu e ao mesmo tempo esquivar-se da severidade mortal das leis estipuladas por Escalo. Não pretendia morrer por sua vingança, mas, ao contrário, sobreviver para carregar por muito tempo na memória a lembrança de Romeu se esvaindo em sangue a seus pés.

– Respire fundo, Montecchio – disse, enquanto o via distanciar-se. – Encha seus pulmões com todo ar e felicidade que puder. Seus dias estão contados e não são muitos...

Seria mais uma noite sem dormir, os olhos estriados de vermelho, premonitórios e sedentos de sangue. Valeria a pena se, depois de tantos dias de espera, pudesse finalmente deitar-se com a certeza de que Romeu não o assombraria com seu atrevimento e que o bom nome dos Capuletos seria pronunciado mais uma vez com respeito e profunda reverência.

CORO

Quão belo e louco
é o amor que se faz grandioso
com tão pouco
quanto o olhar da pessoa amada.
Quão frágeis são as consequências
quando tudo o que importa
é o instante e a eloquência
de um amor que dispensa palavras,
que se satisfaz
com a simples presença
da pessoa amada.
Enquanto seu,
Julieta se faz Romeu,
e Romeu nada é sem Julieta,
uma coisa só,
quatro letras,
a mais singela definição
de eternidade,
felicidade,
amor.

CAPÍTULO 11

O espaço era pequeno e fracamente iluminado por algumas velas espalhadas pela cela de frei Lourenço. Uma deferência aos jovens que esperava, mas acima de tudo a importância do evento que os traria àquele ambiente.

Romeu foi o primeiro a chegar. Ansioso, foi e voltou em mais de uma ocasião até a porta. Abriu e fechou, entre um ato e outro olhando pela extensão escura e labiríntica dos corredores que se perdiam silêncio adentro na abadia. Esfregou as mãos uma na outra. Sussurrou palavras incompreensíveis. Volta e meia se virava para frei Lourenço, que o acolhia com a mesma expressão tranquila, as mesmas palavras se seguindo ao sorriso que busca antes de mais nada acalmar Romeu:

– Ela está vindo, meu filho. Não se preocupe.

– Como posso, padre?

O sorriso quase sempre se alargava um pouco mais, e frei Lourenço argumentava:

– Ficar nervoso não vai trazê-la mais depressa…

– Ah, padre, o senhor não faz ideia de como estou me sentindo…

– E quanto a mim?

Romeu, surpreso, parou e, encarando-o, indagou:

– Como é?

– Pode imaginar como estou me sentindo ou mesmo compreender a preocupação que tomou conta de minha alma desde que concordei em casá-los?

– Não se preocupe. Nada vai acontecer ao senhor…

– Mas não é comigo que estou preocupado.

– Não?

– Eu estou preocupado com os dois.

– Comigo e com Julieta?

– Pode dizer sinceramente que não tenho boas razões para tal? O futuro…

– O futuro não importa, padre. Vivemos no presente, e meu presente é Julieta. Sei que enfrentaremos muitas dificuldades, mas não tão insuperáveis quanto não termos um ao outro. Basta que eu possa chamá-la de minha e nem o tempo nem as muitas amarguras que possam cruzar nosso caminho serão suficientemente intransponíveis para nos fazer arrepender deste momento e desta decisão.

Frei Lourenço tinha uma expressão serena e ainda mais indulgente no rosto avermelhado e suarento quando o alcançou com outro de seus sorrisos e disse:

– Ah, a juventude é mesmo a idade de todas as paixões…

Calou-se bruscamente, tanto ele quanto Romeu, voltando-se para a porta que se abria, o rangido das dobradiças enferrujadas sobressaltando-os.

– Está chegando a dama! – disse, enquanto Julieta emergia da escuridão do corredor e era alcançada pela fraca e tremeluzente luminosidade das velas.

– Boa tarde a meu confessor espiritual – disse ela.

– Ah, finalmente… – gemeu Romeu, aliviado, agarrando-se às mãos dela e puxando-a para dentro. – Eu pensei que…

Frei Lourenço colocou-se entre ambos, atarantado, ao entrever a possibilidade preocupante e inconveniente do primeiro de muitos beijos e abraços, a paixão até mesmo fazendo os dois estremecer de pura ansiedade.

– Depois, depois… – repetiu. – Depois, posso lhes garantir, mas gostaria de estar bem distante. Os dois terão todo o tempo do mundo de dizer o quanto se amam. No momento, temos que aproveitar que estamos a sós e correr para a igreja a fim de realizar o casamento.

– Padre, o que pensa que somos? – indagou Julieta, constrangida.

– O pior dentre a grande variedade de seres humanos que conheci até hoje – frei Lourenço sorriu e acrescentou: – dois jovens apaixonados… Quer coisa mais perigosa neste mundo do que isso?

Saíram.

O casamento foi breve e no silêncio da abadia deserta, a testemunhá-lo os inúmeros bancos de madeira. O grande vazio encheu-se por instantes com as palavras esperançosas de frei Lourenço e pelo entusiasmo juvenil das palavras trocadas pelo casal de apaixonados.

– Sorriam os céus a esta sagrada cerimônia para que os tempos futuros não nos condenem com o pesar – recitou o religioso, a voz aqui e ali tolhida pela emoção, os sentimentos se misturando na voz fraca, muitas palavras se fazendo incompreensíveis diante da miríade de sentimentos que animavam e ao mesmo tempo o afligiam. – Que o frescor benfazejo deste amor tão singelo e profundo traga novos tempos, dias de paz e compreensão à vida das duas famílias as quais o ódio separa há tanto tempo, e neste momento eu uno em nome de Deus Todo-poderoso. Que Ele e apenas Ele julgue meu gesto com benevolência e proteja esses dois das inevitáveis consequências de tão grande amor…

– … que venham como quiserem as amarguras e mesmo assim e em momento algum serão capazes de contrabalançar o gozo que sinto, um só minuto, na presença de minha amada – disse Romeu, com lágrimas nos olhos. – Por favor, padre, junte nossas mãos com santas palavras e que então a morte, devoradora do amor, aja como quiser! A mim tudo terá valido a pena se eu puder chamá-la de minha...

– Amém, amém!... – gemeu Julieta, como que sem fôlego, até que seus lábios se encontraram com os de Romeu, e o silêncio encheu-se com toda a intensidade daquele amor.

– Santo Deus, tanto amor não pode ter outro destino que a felicidade... – declarou frei Lourenço, levantando os olhos para o alto, como se buscasse qualquer tipo de aprovação divina, uma certeza que nem ele mesmo, naquele instante, tinha, o que verdadeiramente o angustiava.

CORO

O que fazer?
Para onde ir?
Seria possível ter
ou encontrar
um recanto onde pudessem amar
em paz?
Pobre Romeu,
Triste Julieta.
Como pode ser seu
este amor que viceja,
frágil e sem abrigo,
no violento território inimigo
da incompreensão
e da violência?
Por quanto tempo sonhar
se se puder apenas contar
com o acaso
para amar e ser feliz?
Como viver tanto amor
entre a alegria e a dor,
a incerteza como companhia,
sabendo ou temendo
que a felicidade
acabe no dia seguinte?

CAPÍTULO 12

O dia estava quente, verdadeiramente abrasador, e quem podia ou nada tinha a fazer nas ruas de Verona preferia a placidez modorrenta da sombra de uma árvore ou a tepidez mais amena de varandas, ou até mesmo a proteção de suas casas. Poucos iam e vinham, entregavam-se a qualquer atividade, e o calor se desprendia do calçamento de ruas e becos em emanações causticantes, que por vezes conferiam um ar irreal a tudo e todos. Era fácil imaginar que os desafortunados ou desocupados que se viam pela cidade, fustigados pelo sol forte, volta e meia deixassem à mostra o pior de sua natureza, nervos à flor da pele e até mais propensão à violência. Benvólio facilmente poderia ser apresentado como um desses homens que, àquelas horas, contrariado, buscava algum lugar onde se refugiar ou pelo menos esperar o entardecer sem tanta irritação.

– Por Deus, Mercúcio, este sol está me matando! – resmungou. – Mais uma hora neste inferno e, se eu não encontrar, vou procurar um Capuleto para brigar!

– Ferve o sangue do guerreiro tanto assim? – zombou Mercúcio, os dois acompanhados por um pequeno grupo de criados e pajens. – Está procurando briga?

– Estou enlouquecendo de calor...

– Está buscando um pretexto para seu sangue quente, meu amigo. Vamos, admita de uma vez: por que culpar o pobre sol que nos incendeia até a alma se é sabido que você tem o sangue quente e se enfurece facilmente, mesmo quando não é provocado?

– Ah, é?

– Não é verdade? Se houvesse aqui dois de você, logo teríamos apenas um, pois um teria matado o outro. Você vive procurando briga por aí.

– Ora! Veja só! O roto falando do esfarrapado!...

– Do que está falando, biltre?

– E do que mais seria? Você tem o mesmo gosto, meu bom amigo. Adora uma briga tanto ou mais do que eu... – Benvólio calou-se bruscamente, os olhos apertados, fixos em algum ponto às costas do companheiro de farras.

– O que foi? – perguntou Mercúcio, virando-se.

– E o que mais poderia ser? Os Capuletos estão vindo aí!

Teobaldo avançava à frente de um grupo de cavalheiros e apressou-se em se colocar à dianteira dos dois ao perceber que ambos se preparavam para se afastar.

– Boa tarde, cavalheiros – disse. – Se não for nenhum inconveniente, gostaria de trocar algumas palavras com os dois...

Mercúcio e Benvólio se entreolharam, e foi o primeiro que respondeu, dizendo:

– Nada temos a falar com você, Capuleto!

– Sabem onde encontro Romeu?

Benvólio olhou para Mercúcio, que olhou para ele e, um pouco depois, os dois olharam em torno de ambos, antes de se virarem para Teobaldo. Benvólio perguntou:

– Acaso está vendo Romeu entre nós?

– Não, mas estou certo de que um dos dois pode me dizer onde o encontrar.

– Pois então sabe mais do que nós. Nem eu nem meus amigos aqui temos a menor ideia de por onde anda aquele traste.

Teobaldo sorriu debochadamente.

– Que tolo sou, não é mesmo? – disse. – É fácil imaginar que eu não teria nenhuma resposta honrada de qualquer um que está mancomunado com um Montecchio…

– Mancomunado? – irritou-se Benvólio. – Pena que estamos em lugar público e bem frequentado. Se estivéssemos em lugar mais ermo, eu prazerosamente lhe mostraria quem está mancomunado com quem, grande paspalhão!

– Gostaria de ver… – Teobaldo agarrou-se à empunhadura de sua espada e a desembainhava, achegando-se a Benvólio, quando parou, os olhos desviando-se dele para uma esquina próxima, onde avistou Romeu. – Felizmente aquele que procuro está vindo aí.

Virando-lhe as costas, marchou ao encontro de Romeu, desembainhando a espada e rugindo:

– Você é um covarde, Romeu Montecchio!

Romeu lançou-lhe um olhar de indiferença e continuou andando.

– Teobaldo, hoje tenho razões para ignorar a violência de suas palavras e somente por isso fingirei que nada ouvi – disse Romeu. – Não sou um covarde, e somente alguém que não me conhece me ofenderia dessa maneira.

– Não vai se livrar tão facilmente de mim, Montecchio – Teobaldo foi em seu encalço. – Vire-se e desembainhe sua espada!

– Mal o conheço, Teobaldo, e por isso não faço ideia de por que você me injuria dessa maneira. De todo modo, tenho fortes razões para lhe dedicar afeto, e, logo que as conheça, também me dedicará igual afeto.

– Nunca!

Romeu continuou caminhando, mesmo percebendo cada vez mais a proximidade de Teobaldo. Um ou outro olhar mais apressado e percebeu que ele desembainhara quase inteiramente a espada e, se o quisesse, poderia golpeá-lo. Apesar disso, Romeu abandonou as mãos ao longo do corpo e em nenhum momento pensou em apossar-se da sua para defender-se de qualquer eventual ataque. Tinha Julieta em seus pensamentos e a firme determinação de não a magoar ou decepcionar, mesmo que tal gesto significasse ser agredido por um dos parentes enfurecidos dela.

Teobaldo estava inteiramente fora de si. Os olhos vermelhos e rodeados por olheiras cinzentas de aspecto desagradável dardejavam um ódio assombroso. O risco era enorme e real. Por vezes, Romeu acreditou que ele finalmente desembainharia a espada e a cravaria em suas costas. Pior, verdadeiramente tão assustador quanto Teobaldo eram seus companheiros, Benvólio e Mercúcio, preocupando-se, entreolhando-se e temendo pela vida dele.

E se um deles finalmente perdesse a paciência ou acreditasse que Teobaldo o mataria?

Os dois eram homens de sangue quente e naturalmente irritadiços. O calor insuportável, o temor pela vida de Romeu, tudo poderia contribuir para que em dado momento um deles ou mesmo os dois se lançassem sobre Teobaldo.

Os olhos de Romeu iam nervosamente dos amigos para Teobaldo em seu encalço e voltavam para os amigos em um vaivém atordoante e desesperador, como se antevisse o que por fim aconteceu no momento em que Mercúcio puxou a espada e gritou:

– Teobaldo, seu caça-ratos, que tal darmos uma volta?

Teobaldo parou e alcançou-o com um olhar oblíquo e desafiador:

– O que você deseja de mim?

– Nada, apenas uma de suas nove vidas, com a qual farei o que bem entender e depois a usarei para espancar as outras oito. Quer puxar sua espada, por obséquio?

Teobaldo virou-se para ele e, com a espada em riste, afirmou:

– Estou ao seu dispor.

Romeu, alarmado, a meio caminho entre um e outro, virou-se para o amigo e gritou:

– Guarde sua espada, Mercúcio! Vamos, guarde!

Foi ignorado, e no momento seguinte os dois se lançaram um sobre outro, entregando-se a uma furiosa troca de golpes que os levou de um extremo a outro da rua, golpe sobre golpe, a luta se fazendo tão feroz e renhida que de vez em quando descambava para uma luta corporal, os dois se engalfinhando e rolando pelo chão.

Depois de correr de um lado para o outro em torno de ambos, esforçando-se para separá-los, o que em pelo menos uma ocasião quase o levou a ser atingido pela espada de Mercúcio, Romeu achegou-se a Benvólio e pediu:

– Tire sua espada e me ajude a desarmá-los, primo! O príncipe proibiu combates nas ruas de Verona, e, se as tropas do palácio chegarem aqui, esses dois podem ser presos e enforcados!

Benvólio e alguns outros cavalheiros concordaram e já se aproximavam dos combatentes quando Mercúcio, atingido mortalmente no peito, recuou, deixando a espada cair e esforçando-se para deter o sangue que jorrava aos borbotões por entre os dedos.

– Maldito Teobaldo! Malditas as famílias! – gritou, estatelando-se na rua, os olhos esbugalhados procurando em torno de si o adversário e o vendo distanciar-se entre outros homens que o escoltavam e brandiam as espadas, procurando manter uns poucos perseguidores a distância. – Ele também está ferido? Ele também está ferido?

– Coragem, meu amigo! O ferimento não é grave... – mentiu Romeu, amparando-o.

Mercúcio sorriu com desdém.

– Você mente muito mal, Romeu... – disse. – O ferimento não é grave, mas é o suficiente para me mandar para o cemitério. Raios, homem, por que diabos você se colocou entre nós? Fui ferido por baixo de seu braço.

– Não foi a minha intenção. Queria que parassem de brigar...

– Benvólio! Benvólio! – gritou Mercúcio, debatendo-se no chão, esforçando-se para se levantar, os olhos deambulando em torno de si mesmo, como que buscando o amigo que chamava desesperadamente. – Tire-me daqui! Leve-me para um bom lugar!...

Foi atendido. Romeu, desorientado, ia de um lado para o outro, gritando:

– Alguém entre vocês, por favor, vá ao príncipe e diga-lhe que meu amigo ganhou essa ferida mortal para defender minha causa e em razão disso minha honra está manchada! Teobaldo, que eu tinha ainda agora como meu primo, manchou minha honra!

Imediatamente, pensou em Julieta, e por um instante, um quase imperceptível instante, culpou-a. Não a amasse tanto e certamente teria se batido com Teobaldo, e Mercúcio não se veria na obrigação de desafiá-lo para preservar sua honra.

Benvólio o livrou de tais comiserações quando retornou, atarantado e lívido como se houvesse visto um fantasma. Infelizmente era algo ainda pior.

– Mercúcio está morto, Romeu – informou, tão grande indignação e dor escorrendo-lhe pelo rosto em lágrimas abundantes e doloridas.

– Não posso devolver-lhe a vida, primo – disse Romeu ao ver que Teobaldo voltava e se aproximava em rápidas passadas, o mesmo ódio de antes visível na vermelhidão ensandecida do rosto brilhante de suor –, mas pelo menos posso aliviar um pouco o grande peso que carrego em minha consciência...

Não houve palavras. Nenhum xingamento. Nenhuma ameaça. Desnecessário. Nem os costumeiros pretextos de antigas e irreconciliáveis desavenças passadas foram invocados. Naquele instante em que um correu ao encontro do outro, apenas o desejo ardente de matarem-se corria, veloz e homicida, em suas veias.

O círculo silencioso de homens abriu-se para que os dois se lançassem feito feras sedentas de sangue, o silêncio quebrado pela violência cega dos golpes que se multiplicavam velozmente. Estocadas varavam o vazio. O aço frio cortava o ar. As lâminas refletiam o sol forte do meio-dia e por vezes davam a impressão de lançar fagulhas temerárias em todas as direções quando se chocavam. Corpos suados exibiam-se na coreografia apavorante da morte, que rondava cada golpe dado e da qual se esquivavam com o vigor animalesco de uma juventude arrojada a tais arroubos de beligerância absurda por razões que não compreendiam ou mesmo desconheciam. A vontade de viver contraditoriamente não os afastava, mas, ao contrário, lançavam-nos mais e mais àquela violência feita de surpreendente habilidade com as espadas. Guerreiros formidáveis, inimigos temerários.

Com a respiração ofegante, ora um, ora outro marchava com a espada em riste, rompendo, mais do que com um golpe, a garantia de mais alguns segundos de sobrevivência. "A fundo! A fundo!", gritavam os partidários de um e de outro, quando seu favorito alongava o braço e as pernas o empurravam para a frente. Transformados em flechas mortais, um tentava se aproveitar de um tropeção e mesmo da queda do outro para surpreendê-lo e finalizar o combate com um golpe mortífero. Por fim, o circular jogo de braços e pernas encerrou-se de forma abrupta e, como esperado, sangrenta, no instante em que a ponta da espada de Romeu cravou-se no peito de Teobaldo, exatamente no mesmo ponto em que este ferira mortalmente Mercúcio.

– Fuja, Romeu! – gritou Benvólio, alarmado. – Teobaldo está morto, e estão dizendo que o príncipe e sua guarda se encaminham para cá! Não fique aí parado! Fuja, pois ele certamente o condenará à morte! Fuja!

Romeu não se moveu. Ofegante e profundamente abatido, continuou de pé diante do cadáver do adversário, o sangue ainda escorrendo pela lâmina reluzente. Nem dor e muito menos satisfação, mas apenas uma tristeza inesperada, surpreendente, era possível ser vista em seu rosto suado.

– Fuja, Romeu! – insistiu Benvólio, os olhos indo de modo repetido e angustiado em todas as direções, o vozerio de uma multidão que se aproximava misturando-se com o estalar de seus passos no calçamento.

A confusão era enorme, e entre muitos se viam Capuletos e Montecchios misturados a outros tantos e por estes separados, as vozes se elevando tão grandiosa e confusamente que as indagações do primeiro dos dois magistrados que chegaram ao local mal foram ouvidas, obrigando-o a se aproximar de Romeu e, aos gritos, questionar:

– Para que lado fugiu o matador de Mercúcio?

Olhando desorientadamente de um lado para o outro, o segundo magistrado acrescentou:

– Sabe onde está Teobaldo?

Benvólio apontou para o cadáver estirado aos pés de Romeu e respondeu:

– Ele está ali, cidadão!

Os dois se postaram diante de Romeu. Chamaram-no uma, duas e por outras vezes, até que na última delas o tom de voz já impaciente e ameaçador se revelou. Romeu os encarou piscando nervosamente, traindo uma certa indiferença ou incompreensão.

– Em nome do príncipe, eu o acuso... – O magistrado calou-se repentinamente diante da aproximação do príncipe a um numeroso séquito formado por pelo menos duas dezenas de soldados com as espadas nas mãos e um contingente ainda maior de alabardeiros que abria caminho aos empurrões através da multidão.

Escalo, carrancudo, alcançou a todos com seus estreitos olhos cinzentos e indagou:

– Onde estão aqueles que começaram essa briga?

Um intimidante silêncio pairou sobre todos, os olhares sendo trocados receosamente entre os que aparentavam se acumpliciar na proteção do assassino procurado.

– Calam-se? – insistiu o príncipe. – Será que terei que levar todos para a prisão? Vamos, falem, eu lhes ordeno!

Benvólio, por fim, achegou-se a Romeu e ao cadáver de Teobaldo e informou:

– Nobre príncipe, o jovem Capuleto matou Mercúcio, e Romeu o matou...

Aos gritos, visivelmente desesperada, a senhora Capuleto varou a multidão e, voltando-se para Escalo, suplicou:

– Príncipe, ó meu amado príncipe, se o senhor é justo, por nosso sangue aqui derramado de maneira tão cruel, derrame o sangue de Montecchio!

Impertubável, Escalo mais uma vez voltou-se para Benvólio e indagou:

– Quem começou essa matança?

– Foi Teobaldo, meu príncipe – respondeu Benvólio. – Ele ofendeu Romeu, que, apesar disso, tratou-o com cortesia e buscou fugir ao combate em respeito à lei decretada recentemente por Sua Alteza. Como Teobaldo insistia nas ofensas e na luta inútil e Romeu aparentemente não tinha intenção de bater-se com ele, Mercúcio intercedeu. Em troca de sua ponderação, Teobaldo, que estava absolutamente enfurecido, matou-o com sua espada depois de uma rápida disputa à qual Romeu tentou dar fim, lembrando a ambos de sua lei.

– Mentira! – rugiu um dos partidários dos Capuletos, no meio da multidão. – Cortem a língua vil e mentirosa! Maldito Montecchio!

Escalo gesticulou para que se calassem e, virando-se mais uma vez para Benvólio, insistiu:

– Continue!

– Teobaldo chegou a fugir depois de matar Mercúcio, mas, por razões incompreensíveis, retornou e se lançou sobre Romeu, que não teve alternativa a não ser defender-se, o que resultou na morte de Teobaldo em um combate justo e, na minha opinião, justificado.

– Ele é um Montecchio, meu príncipe! – gritou a senhora Capuleto, desesperada. – Esperar verdade de sua língua mentirosa é esperar demais!

Ele certamente mentirá para salvar a vida de seu parente! Não o ouça, por Deus, eu lhe suplico, não lhe dê ouvidos!

– Certamente, minha senhora – concordou o príncipe, gesticulando para que ela se acalmasse. – Mas Teobaldo matou Mercúcio, e Romeu matou Teobaldo. Quem pagará pelo sangue derramado desses dois homens? A quem devo condenar?

O velho Montecchio aproximou-se de Escalo e, depois de olhar rapidamente para o filho, disse:

– Romeu era amigo de Mercúcio. A culpa dele foi acabar com o que sua lei deveria cortar, que seria a vida de Teobaldo...

– Absurdo! – protestou a senhora Capuleto, indignada. – Desde a promulgação de sua sábia lei, a nenhum de nós é dado o privilégio de fazer justiça com as próprias mãos e muito menos sair impune depois de matar outrem.

Escalo levantou a mão espalmada e ordenou:

– Cale-se, eu lhe peço, senhora! Certamente compreendo sua dor e, em certa medida, partilho dela. Todavia, também não posso ficar cego às excepcionalidades do presente caso...

Chamou Romeu, que se virou para encará-lo.

– Sinto-me ofendido por você ter tomado para si uma responsabilidade que a mim cabe. Fossem outras as circunstâncias, eu mesmo me incumbiria de justiçá-lo de imediato – disse Escalo. – Mas compreendo o que se passou e, se não o condenarei à morte, também não posso deixar que saia absolutamente impune dessa querela. Portanto, imediatamente nós o exilamos daqui para sempre. Saia daqui o mais depressa possível e, se algum dia for descoberto em Verona, será essa a sua última hora!

Ao ver que a senhora Capuleto, inconformada, fazia menção de protestar, ergueu a mão e concluiu:

– Quanto aos seus ódios, asseguro-lhes que eu os acompanho com interesse, e meu sangue corre mais depressa nas veias sempre que me vejo obrigado a lidar com tal situação. Portanto, afirmo que me cansei dessa situação e lhes imporei um castigo tão duro que todos vocês lastimarão amargamente. Acreditem, ficarei surdo a todo apelo ou desculpa. Nem lágrimas e muito menos queixumes me comoverão, de modo que me poupem de ouvi-los...

Vendo que Romeu não se movia, irritou-se:

– Saia, Romeu, eu já lhe ordenei! A clemência seria assassina se perdoasse aos que matam!

Benvólio achegou-se a Romeu e, apreensivo, puxou-o pelo braço, os dois desaparecendo rapidamente em uma ruela próxima.

CORO

Para onde ir?
Por que fugir
se pouco importa a vida
sem amor?
O banimento
não é o maior castigo
para um homem, cujo verdadeiro sofrimento
será sempre estar ao desabrigo
do coração
da mulher amada.
De que serve a vida
a não ser como amarga condenação
em que o pior não é a solidão,
mas a companhia frequente
de lembranças mui queridas
de uma paixão
jamais esquecida?

CAPÍTULO 13

Mal a porta se abriu, frei Lourenço entrou. Romeu atirou-se sobre ele com ansiedade.

– E Julieta?

– Lamento, filho, mas não tenho nenhuma notícia dela – informou o religioso, acrescentando: – E da mesma maneira não trago boas notícias…

– E o que mais poderia ter acontecido?

– Trago notícias da sentença do príncipe.

– Ele mudou de ideia e estou condenado à morte?

– Não, não. A pena foi mais branda. O corpo não morrerá, mas foi banido…

– Ele já havia dito que…

– … em termos permanentes.

– Quer dizer que não poderei voltar a Verona?

– Receio que sim. Tenha paciência, pois o mundo é vasto e…

– Não me preocupo com a possibilidade de nunca mais voltar a Verona. O que realmente me incomoda é ficar longe de Julieta ou mesmo sem ela.

– O príncipe legislou a seu favor, meu filho, e por causa disso distorceu a lei para favorecê-lo...

– Mas o banimento não foi favor algum, padre, mas antes doloroso suplício. Morrerei aos poucos se tiver de partir sem Julieta.

– Ouça-me, por favor, Romeu. Só por um momento...

– O quê? Tornará a me falar da benignidade que existe no coração do príncipe? Não quero ouvir! Nada me importa sem Julieta!

– Oh, bom Deus, então é verdade que os loucos e os apaixonados não têm ouvidos?

– Se estivesse tão apaixonado quanto eu estou...

– Ah, quanta injustiça!

– Se é verdade que os loucos não têm ouvidos, os mansos não têm ouvidos...

– Permita-me aconselhá-lo sobre seu estado...

– Lamento, padre, mas como pode me aconselhar sobre algo que nunca experimentou? Se tivesse se casado há menos de uma hora, se tivesse matado alguém como o fiz com Teobaldo, e se tivesse sido banido por isso, e consequentemente se descabelasse e quase enlouquecesse a ponto de já estar se preparando para tomar as medidas para a própria tumba, aí talvez eu ouvisse e até aceitasse qualquer conselho que o senhor pudesse me dar...

Romeu calou-se, surpreso, ao ouvir o estrondo de algumas batidas na entrada da igreja soar do outro lado da porta da cela.

Frei Lourenço sobressaltou-se:

– Estão batendo à porta! Por Deus, Romeu, esconda-se!

– A troco de quê? Morrer aqui ou lá fora, agora ou mais tarde, tanto faz...

– Faça o que lhe peço, Romeu! – suplicou o religioso, abrindo a porta e saindo. Desceu pelo corredor e, atravessando a sacristia, alcançou a entrada principal da abadia. Abrindo um dos lados, surpreendeu-se ao se deparar com a ama de Julieta que, nervosa, se apressou em entrar. – O que houve, minha filha?

– Venho da parte da senhora Julieta, padre – respondeu a recém-
-chegada. – Diga-me, santo padre: sabe onde está o marido de minha
senhora? Onde está Romeu?

– Lá dentro, afogando-se na raiva e nas lágrimas de um inconformismo
dos mais infantis.

– Está no mesmo estado de minha senhora! Igualzinho, igualzinho!

– Triste semelhança!

Frei Lourenço a conduziu pela abadia e rapidamente alcançaram a cela,
na qual entraram apressadamente. Romeu preocupou-se ao vê-la.

– O que faz aqui, senhora? – perguntou. – Fale de Julieta. Como ela está?

– Ah, senhor, chorando e gemendo, chorando e gemendo... – respondeu
a ama, aflita. – Então a morte é o fim de tudo, até do amor?

– Deus meu, espero que não!

– Ah, pobrezinha!...

– O que houve? Como está ela? O que diz sobre os últimos acontecimentos? Certamente já deve ter sido informada da morte de Teobaldo...

– Ela está muito confusa, senhor. Chora, chora e não faz outra coisa
a não ser chorar. Às vezes chama por Teobaldo, que era muito querido
por todos, mas no momento seguinte seu nome não lhe sai dos lábios...
Quanta confusão, pobrezinha!...

– Meu Deus, o que faço, padre?

– Seja o homem e o companheiro de que sua amada precisa neste momento, filho.

– Como posso?

– Vá procurar seu amor como estava decidido. Suba ao quarto dela e
console-a como ela deve e precisa ser consolada. No entanto, previna-se
e não fique em demasia, pois então não poderá partir para Mântua, onde
deverá permanecer até o momento mais propício para que possa tornar
público seu casamento, reconciliar suas famílias, conseguindo, assim,
o perdão do príncipe e, consequentemente, a possibilidade de viverem
felizes o grande amor de ambos. – Frei Lourenço voltou-se para a ama e

a orientou: – Vá na frente, minha filha, e oriente sua senhora para que se prepare para receber a visita do marido. Peça que ela durma mais cedo, o que, penso, não será difícil, dada a tristeza geral por causa da morte de Teobaldo, e espere por Romeu.

Ela concordou com repetidos acenos de cabeça e, sentindo-se aliviada, disse para o religioso:

– Obrigado por seus belos conselhos, padre!

Olhou para Romeu:

– Não se preocupe. Direi à minha menina que o senhor irá hoje à noite.

– Sim, e diga-lhe que estarei preparado para me submeter docilmente a todas as recriminações que ela queira fazer...

Ela entregou-lhe um anel e concluiu:

– A senhora pediu que lhe desse este anel...

Romeu o pegou e, ajeitando-o no anular, confessou:

– Como isso conforta meu espírito...

Frei Lourenço passou o braço sobre os ombros de Romeu e o conduziu para a porta da cela, dizendo:

– Vá logo e boa noite, meu filho. Disto depende toda a sua vida, eu não tenho dúvida. Fique em Mântua e não se preocupe. De tempos em tempos procurarei seu criado e enviarei notícias que possam interessar a você.

CORO

A juventude é a idade de todas as paixões
e talvez,
por causa disso,
território fértil para todas as incompreensões,
principalmente por parte daqueles
que, com a melhor das intenções,
pensam proteger
ao escolher
caminhos e direções
para aqueles que amam.
Ah, quantos erros cometemos
até que compreendemos
que amar também é permitir,
deixar que se vão
aqueles que pertencem a si mesmos?

CAPÍTULO 14

Romeu a beijou demoradamente. Por instantes, nada mais importou. Os problemas deixaram de existir. Apenas aquele beijo e nada além dele importou para ambos. A sós na varanda do quarto de Julieta, um beijo e mais outro, o silêncio cúmplice da noite alimentando o desejo incontrolável de não se separar.

– Quer realmente ir embora? – questionou ela, afastando-se, mas ainda assim prisioneira dos braços dele.

– Tenho que ir – disse Romeu.

– O dia ainda não está próximo...

– Preciso partir e viver, ou ficar e morrer, meu amor...

– Eu lhe pediria isso...

– Pois peça. Peça e que se danem as consequências! Que me prendam, que me condenem à morte. Peça, e eu fico sem me preocupar com mais nada que não seja a sua felicidade. Você sabe que meu desejo de ficar é infinitamente maior do que minha vontade de partir...

– Eu jamais lhe pediria isso, Romeu. Amo-o demais para pôr em risco sua vida por um capricho de minha parte. Mântua não é tão distante assim e...

Julieta calou-se, assustada, desvencilhando-se dos braços de Romeu ao ouvir que a chamavam e, no momento seguinte, que a velha ama se aproximava, pálida como um fantasma, vinda de dentro do quarto.

– O que foi, ama? – perguntou.

– Sua mãe está vindo para cá – informou a criada. – Despeça-se de seu marido e prepare-se.

O casal entreolhou-se, preocupado. Julieta insistiu:

– Preparar-me para o quê?

– Por favor, por favor, não há tempo! Ela não tarda a entrar por aquela porta. – A criada virou-se para Romeu e implorou: – Por favor, senhor, seja sensato e vá logo!

– Adeus, adeus! – despediu-se Romeu, beijando Julieta e agilmente descendo da varanda para a escuridão dos jardins que ocupavam um amplo terreno nos fundos do grande palacete dos Capuletos.

Quase ao mesmo tempo, a porta do quarto se abriu, e a senhora Capuleto entrou.

– O que foi, minha mãe? – indagou Julieta, buscando aparentar tranquilidade. – Está sem sono?

– Eu ia lhe fazer justamente essa pergunta, minha filha – replicou a senhora Capuleto, olhando por sobre o ombro de Julieta, com desconfiança.

– Ainda não consegui conciliar o sono depois dos tristes acontecimentos desta tarde. Teobaldo...

– Sei como deve estar se sentindo. Vocês eram muito amigos...

– Teobaldo era uma criatura maravilhosa – disse Julieta. – Um pouco esquentado, mas...

– Realmente.

– É por causa das lembranças de Teobaldo que a senhora está aqui?

– Também...

– E tem mais alguma coisa? Algo tão importante que não pode esperar até amanhã? E o que seria, posso saber? Deve ser importante...

– Muito.

– Pois então fale de uma vez. Não é outra desgraça, é?

– Não, não. De maneira alguma. No devido tempo saberemos vingar a morte de seu saudoso primo, e esse infame assassino Montecchio estará lhe fazendo companhia. Aliás, não demorará muito...

– Não? Como sabe?

– Temos bons amigos, como você sabe, e um deles em breve estará a caminho de Mântua para dar àquele maldito desterrado tão estranha bebida que rapidamente ele fará companhia a Teobaldo...

– Que bela notícia, minha mãe. Quisera eu executar tal vingança com minhas próprias mãos...

– Não podemos ter tudo o que queremos na vida, minha filha. Mas agora mudemos de assunto, pois tenho notícias mais alegres para lhe dar.

– Deus sabe como preciso de boas notícias, minha mãe. Quais são?

– Na verdade, trata-se apenas de uma, mas das mais encantadoras.

– Por favor, mamãe, não me faça esperar. Diga logo do que se trata.

– Como sabe, você tem um pai diligente e dos mais previdentes, e há tempos ele anda preocupado com seu futuro...

– Eu não poderia ter pai melhor...

– Folgo em saber que o tem em tão alta conta, pois os últimos acontecimentos o levaram a finalmente tomar uma decisão que há meses vinha adiando, preocupado com a sua pouca idade. Ele está interessado em sua felicidade e, por causa disso, resolveu-se a escolher um dia em que, como acredita, ela será plena o bastante para apagar de sua mente a lembrança deste momento tão infeliz que atravessamos...

– E o que de tão importante acontecerá nesse dia que ele escolheu, minha mãe?

– Na próxima quinta-feira, minha doce filha, o galante, jovem e nobilíssimo conde de Páris a tomará na igreja de São Pedro como sua esposa.

A decepção rivalizava com uma enorme e crescente contrariedade no rosto de Julieta quando ela indagou:

– Era essa a boa notícia?

– Não está satisfeita, minha filha?

– Infelizmente, não, minha mãe. Na verdade, estou bem contrariada...

– Por quê?

– Bom, pela igreja de São Pedro e pelo próprio São Pedro, homem algum e muito menos um que desconheço por completo me fará uma feliz esposa. Surpreendo-me que meu pai tenha resolvido me casar com alguém que pouco vi e que nem sequer me fez a corte. Que pressa é essa? Acaso cometi algum ato abominável que somente um casamento às pressas será capaz de me proteger do opróbio e da condenação pública? Diga-me que crime foi este, pois o desconheço por completo...

– Mas, Julieta...

– Será que a senhora poderia informar a meu pai que ainda não quero me casar e que, se o fizer, será com Romeu Montecchio, a quem, como a senhora, odeio do fundo de minh'alma, mas nunca com Páris.

– Diga você mesma a seu pai, que está vindo aí, e vejamos como ele reage a...

A senhora Capuleto calou-se e virou-se para a porta do quarto, surpresa, no instante em que ela se abriu para que o marido entrasse.

– Reage a quê? – indagou ele, olhando para uma e para outra. – Que caras são essas? O que está acontecendo?

– Por que não pergunta à sua filha?

Capuleto virou-se para Julieta.

– Estarão meus olhos me enganando ou percebo que você não aprovou a minha determinação? Não está agradecida por termos lhe conseguido um bom esposo? Não se sente abençoada? Deveria estar orgulhosa por termos feito tão belo arranjo matrimonial...

– Orgulhosa? Eu? Agradecida talvez seja a melhor palavra.

– Escolheu melhores palavras...

– Na verdade, nunca serei capaz de orgulhar-me daquilo que odeio, mas saberei agradecer até por receber aquilo que odeio, quando a intenção é gentil e o amor é o grande objetivo.

– Como? Que conversa é essa? Está menosprezando meus esforços, sua atrevida? Não aceitarei tal desaforo, e saiba desde já que é melhor começar a se preparar, nem que eu tenha de arrastar você até a igreja de São Pedro. Cale-se, sua libertina!

Surpresa e alarmada, a senhora Capuleto indagou:

– "Cale-se?" Que modos são esses, meu marido? Ficou louco?

Capuleto mais uma vez voltou-se para Julieta e, dedo em riste, ameaçou:

– Não quer se casar com aquele que escolhi em boa-fé e com grande preocupação? Pois então não se case. Eu não a obrigarei. No entanto, saiba de antemão que irá viver onde quiser, pois em minha casa não colocará mais os pés! Pense bem, pois você sabe muito bem que não sou homem dado a brincadeiras ou a fazer promessas em vão. Quinta-feira está próxima. Reflita bem e faça sua escolha, pois a minha já está feita, e eu não voltarei atrás no que disse.

Depois de acompanhá-lo com os olhos e vê-lo sair, Julieta virou-se para a mãe e indagou:

– E a senhora, o que diz?

– Nada mais tenho a dizer. Faça como lhe aprouver e arque com as consequências de sua ingratidão!

A velha ama a acompanhou enquanto rumava para a porta, mas, depois que a senhora Capuleto saiu, parou e, virando-se para Julieta, aconselhou:

– Case-se com Páris, senhora.

– Como?

– Ele é um cavalheiro, uma criatura de excelentes modos e dos mais encantadores. Nas atuais circunstâncias, a conveniência e o bom senso devem falar mais alto do que o amor e a paixão. Posso lhe assegurar que você será mais feliz nesse segundo matrimônio do que no primeiro. Pense que muito provavelmente jamais voltará a ver Romeu e...

– Do que está falando, ama?

– Eu lhe rogo que aja sensatamente e na quinta-feira se case com Páris...

– Você sabe que me aconselhou admiravelmente e diante disso seguirei seu conselho.

– Deus seja louvado!

– Vá, por favor, e tranquilize a minha mãe… Diga a ela que, sentindo-me culpada por contrariar meu pai, fui me confessar com frei Lourenço e receber a absolvição dele.

CORO

Contrafeito,
o coração,
a seu modo e do seu jeito,
se aferra a artimanhas
cuja principal intenção
não poderia ser diferente,
nem é o tempo que se ganha
em busca de escapar-se
a qualquer destino adverso,
indesejável,
mas antes o de encontrar
uma maneira de não magoar
aqueles que amamos.

CAPÍTULO 15

Julieta não o vira mais do que umas poucas vezes e, pelo que lembrava, apenas na casa dos pais, olhares ocasionais, apresentações apressadas, mas suficientes para que percebesse e se incomodasse com o olhar interessado dele, a solicitude exagerada por trás da qual escondia honrada intenção de casar-se com ela. Em tais ocasiões, refugiou-se em sua pouca idade, sabendo, todavia, que mais cedo ou mais tarde esta não a protegeria de um casamento arranjado.

Nunca a mãe e o pai deixaram clara a intenção deles, e na verdade nem seria preciso. Era absolutamente natural, consequência mais do que esperada, decisão corriqueira, banal, entre todas as jovens da cidade, quiçá do mundo, ao se chegar a certa idade, a qual variava de lugar ou cidade, que os pais se reunissem a outros e, de acordo com seus interesses, esco-lhessem um marido para as filhas. Pensando nelas e no melhor para elas, embora apesar delas, ou seja, sem consultar ou perguntar, muitas vezes apresentavam o marido a sua esposa no dia do casamento. Um estranho que depois daquele dia certamente disporia de seu destino igualmente sem consultar ou perguntar, um destino a que a maioria das mulheres, naqueles tempos, só conseguiria escapar entregando-se à vida religiosa, o que nem sempre era saudado com entusiasmo, mas, ao contrário, enfrentado ou ignorado até com violência por famílias interessadas nos lucros mais do que prováveis de certas uniões matrimoniais. Em contrapartida, sempre havia a alternativa de fugir com o homem amado, atitude temerária que na maioria das vezes atraía para a atrevida donzela o desprezo violento da família, em que se incluía a possibilidade de ser deserdada, abandonada e relegada à miséria, afastada de sua parte na herança deixada por pais revoltados que jamais a perdoavam.

Julieta ouviu sua voz ao se aproximar da cela de frei Lourenço e pelo vão da porta entreaberta.

– Quinta-feira, senhor? – espantou-se o religioso, e Julieta lembrou-se imediatamente de seu casamento na igreja de São Pedro ao reconhecer Páris como seu interlocutor. – Não é muito cedo?

– Eu também acho, padre, mas foi decisão de Capuleto, e senti que seria mais prudente não argumentar contra tanta pressa.

– Eu gostaria de saber o que pensa a donzela…

– Somos dois, padre. O pai alega que a filha chora muito pela morte do primo dela, Teobaldo, e que o casamento talvez possa ser um antídoto adequado para tanta dor e tantas lágrimas. Tenho lá as minhas dúvidas, mas, por amor à bela Julieta, preferi me calar…

Julieta irritou-se. Reconhecia que eram genuínas a preocupação e a contrariedade na voz de Páris e, por causa de tal constatação, raiva maior reservava para o pai, que inclusive mentia sem pudor. Não queria mais ouvir, pois a raiva apenas aumentava ao constatar que tinham maior importância os próprios interesses do pai do que a verdadeira felicidade da filha.

Sua pressa na realização do casamento serviu apenas para que levasse adiante a dela, e, assim pensando, escancarou a porta e entrou, surpreendendo Páris e fazendo frei Lourenço observar:

– Que coincidência, senhor! Veja quem acaba de chegar…

Páris inclinou levemente a cabeça com carinho e reverência.

– Feliz encontro, minha senhora e minha esposa!

Julieta dirigiu-lhe um olhar de indiferença.

– Poderá ser, cavalheiro, quando eu for e se efetivamente for sua esposa.

– Esse "poderá ser" há de ser, meu amor, na próxima quinta-feira.

– O que deve ser será.

– O que faz aqui, minha senhora? Veio confessar com o bom padre?

– Para responder ao senhor, eu teria igualmente que me confessar com você, e não com ele, não é mesmo?

Páris sorriu.

– Confesse-se com o padre, mas, antes de mais nada, não negue que me ama...

– Talvez essa afirmação esteja em minhas confissões futuras, depois de quinta-feira... – Julieta virou-se para frei Lourenço e indagou: – Está ocupado agora, santo padre? Se assim for, posso voltar mais tarde...

O religioso sacudiu a cabeça e informou:

– Tenho tempo disponível agora, minha filha.

Voltando-se para Páris, solicitou:

– Seria possível nos deixar a sós, cavalheiro?

– Deus me proteja de prejudicar tanta devoção! – Páris encaminhou-se para a porta e, parando por uns instantes, voltou-se para Julieta e despediu-se: – Irei despertá-la bem cedo na quinta-feira, Julieta!...

Tanto Julieta quanto frei Lourenço acompanharam-no com os olhos e por certo tempo nada disseram, o silêncio de ambos se prestando a certificar-se de que a porta era fechada e Páris não se entrincheirava por trás dela, interessado no que Julieta fosse contar ao religioso.

– Soube que na próxima quinta-feira, e se nada nem ninguém conseguir impedi-lo irá se casar com esse conde – disse frei Lourenço.

– Meu pai assim decidiu, padre, e, se o senhor nada puder me dizer para evitar tal casamento, por favor, também não me atrapalhe em minha determinação. – Julieta calou-se e subitamente exibiu o punhal que carregava escondido na manga direita da túnica que usava debaixo do manto escuro com que se cobria da cabeça aos pés. – Prefiro morrer a trair o amor que sinto por Romeu. Este punhal sangrento...

– Minha filha, por favor... – Frei Lourenço empalideceu, os olhos arregalados e fixos na lâmina que refletia a luminosidade baça das velas que iluminavam a cela.

– ... ele será o remédio para todos os meus problemas se o senhor não for capaz de me indicar outro melhor e capaz de salvar o que Deus uniu.

– Acalme seu coração desesperado, Julieta, e ouça o que lhe direi...

– Por favor, não perca o pouco tempo que temos com palavras consoladoras, mas inúteis neste momento. Eu...

– Se você tem força de vontade tão grande a ponto de tirar a própria vida para não se casar com Páris, talvez aceite o que tenho para lhe propor.

– Do que se trata, padre?

– Julieta, eu não sei bem...

– Qualquer coisa! Qualquer coisa! Peça que eu me lance das ameias do mais alto castelo de Verona, e eu prazerosamente o farei. Peça que eu me arrisque no mais perigoso caminho infestado de ladrões e assassinos dos mais vis, e o farei sem pestanejar. Irá me indicar um lugar onde serei vitimada por serpentes das mais peçonhentas ou por ursos ferozes? Para lá me encaminharei agora mesmo. Enterre-me viva. O que for. Aceitarei qualquer conselho para preservar-me esposa imaculada de meu grande e único amor.

– Não, não é nada tão dramático...

– O que está pensando, padre?

– Escute, escute...

– Em que está pensando? Por favor, diga logo!

– Volte para sua casa e se mostre a mais contente possível, inclusive concordando com o casamento com Páris...

– Mas, padre...

– Ouça, minha filha.

– Claro, padre, perdoe-me...

– Amanhã é quarta-feira. Procure ficar a sós em seu quarto e, antes de mais nada, pretexte qualquer coisa e não deixe que sua ama durma com você. Quando você estiver na cama, tome este frasco – frei Lourenço apanhou o pequeno recipiente de vidro que estava sobre uma mesinha junto ao catre em que dormia e o entregou a Julieta.

– Ó que é isso? Veneno?

– Santo Deus, não, minha filha! É apenas um licor, um destilado... – explicou o religioso, acrescentando: – Assim que o ingerir, sentirá certo torpor e, por fim, dormirá de tal forma que em pouco tempo não sentirá nenhuma pulsação. Tudo parará. O corpo esfriará, e até a própria respiração se tornará imperceptível. Seu corpo ficará completamente hirto, e todos os sinais de vida desaparecerão tão completamente dele que até o melhor médico rapidamente diagnosticará que você está morta.

– E estarei?

– De modo algum. Você dormirá por cerca de quarenta horas, e lhe asseguro que despertará como se tivesse apenas dormido um sono mais profundo e prolongado. De qualquer forma, na quinta-feira, quando forem despertá-la, eles a encontrarão, e ao não perceberem nenhum sinal de vida, darão você por morta. Diante disso, e como é costume em nosso país, prepararão seu corpo para sepultamento, e você será velada em caixão aberto na antiga cripta da família Capuleto. Enquanto isso, eu me incumbirei de avisar a Romeu por carta acerca do ocorrido, e ele voltará imediatamente. Eu e ele velaremos por seu sono, e, quando você acordar, Romeu a levará para Mântua. Assim, você se livrará da desonra de um casamento sem amor e em pecado com Páris, pois está efetivamente casada e estará livre para viver com aquele que verdadeiramente ama. Isto é, se tiver coragem suficiente para levar este plano até o fim...

– Dê-me, por favor, dê-me logo essa poção maravilhosa!...

Frei Lourenço entregou a ela o pequeno frasco e a animou, dizendo:

– Tome e não perca tempo. Seja forte e feliz em sua decisão. Vou agora mesmo enviar um frade a Mântua com as cartas que porão Romeu a par de nosso plano.

– Nem sei como lhe agradecer, querido padre...

– Nem pense nisso! Sua felicidade é tudo o que desejo do fundo de meu coração.

– Deus o abençoe.

– Vá, minha filha. Vá de uma vez e boa sorte!

CORO

Muitas vezes a preocupação
de fazer o melhor para os filhos
torna-se empecilho
à compreensão
de que a bondade não pode prescindir
da aceitação de quem a receber
e não depende apenas de quem a pratica.
Quantas vezes erramos
quando tentamos
acertar?
Por que nos enganamos
quando acreditamos
que sabemos o que é melhor
para os que amamos?
Por que é tão difícil entender
que o bem que se quer fazer
muitas vezes nada mais é
do que o mal que se faz?

CAPÍTULO 16

Ele não entendeu e, por certo tempo, em razão de renitente incompreensão, desconfiou.

De onde saiu tanta alegria?

E por que tão de repente?

Ele a ouviu mais do que falou. Não se deixaria enganar por sorrisos ou pela lisonja, muito menos pelo ar cordato que trouxera consigo ao voltar da abadia.

Seria tão convincente o frei Lourenço a ponto de acalmar aquele coração insubmisso e francamente determinado a contrariá-lo e a desprezar toda a sua boa intenção de casá-la com cavalheiro tão distinto e honrado quanto Páris?

Quais palavras maravilhosas e igualmente poderosas frei Lourenço teria usado para convencer Julieta a não apenas obedecer ao pai, mas igualmente compreender e ser grata pelo que ele fazia, já que o fazia para o seu bem?

– Perdoe-me, eu lhe imploro! – insistiu ela, mal pôs os pés dentro de casa, dirigindo-se a ele. – De hoje em diante, eu me deixarei conduzir sempre pelo senhor!

Capuleto ouviu, mas, por um tempo, não acreditou. Homem experimentado e por demais acostumado às ingratidões comuns ao coração humano, não se deixou seduzir tão facilmente quanto a ama da filha e a esposa, que derramaram lágrimas apressadas à medida que Julieta se desdobrava em promessas e confissões de tal arrependimento que a ele se prestavam a afundá-lo no terreno escorregadio de desconfiança resiliente e quase invencível. Quanto mais se lembrava das palavras duras ditas um ao outro, mais descria da súbita transformação e se permitia tão somente ouvir, sem nada dizer.

O que tramava?

Frei Lourenço estaria por trás de algum plano astuciosamente engendrado no silêncio cúmplice de sua cela na abadia?

Quanto maior o amor e a devoção por um filho, maiores o ressentimento e a desconfiança quando ele o decepciona, e com Capuleto não seria diferente.

Doeu. Magoou. Sentiu-se traído, desprezado nos muitos anos em que se dedicou inteiramente a ela. Talvez jamais retornasse por completo àqueles tantos sentimentos benignos que construiu em si para ela e em torno dela. Algo se quebrou, rasgou-se dentro de si e demoraria ainda muito tempo antes que considerasse tudo esquecido. Isto é, se conseguisse.

– Muito bem! A coisa está indo como deveria ter sido desde o início – admitiu, por fim, enquanto a via partir excepcionalmente animada para o quarto na companhia da velha ama. – Meu coração está novamente leve agora que essa criança caprichosa voltou a crescer e, principalmente, à razão...

Por fim, entregou-se mais incondicionalmente à felicidade, mais uma vez pai e mais uma vez preocupado em fazer a melhor festa para o casamento da filha.

CORO

Uma mãe sabe quando está certa
quando a vida a desperta
para a maternidade.
Pouco importa se essa maternidade
não é gerada,
mas antes
partilhada.
Uma mãe sabe, e sabe cada vez mais,
o que a filha ou o filho sente,
o que esconde
ou quando mente.
A velha ama sabia
e, quando deixou Julieta a sós,
entregue à grande felicidade,
sabia que não era verdade
e que,
por causa disso,
voltaria.

CAPÍTULO 17

A velha ama mal se conteve durante todo o tempo em que viu Julieta ir atarefadamente de um lado para o outro do quarto, preparando-se para o casamento. Por fim, chorou e de tempos em tempos se entregaria às lágrimas, pois a mais permanente emoção era a tristeza. Quis acreditar em toda a felicidade que distribuía generosamente a todos que cruzavam seu caminho.

Quis acreditar que finalmente se convencera e se casaria com Páris na expectativa mais alvissareira de encontrar um bom marido e a ele se dedicar, dando a ele os filhos que certamente gostaria de ter e constituindo uma família igualmente feliz. Bendisse o nome de frei Lourenço por, como acreditava, ter infundido algum bom senso na cabeça de Julieta e a convencido do erro que seria insistir naquele casamento com Romeu. Quis acreditar em muitas outras coisas e quis acreditar demais e absolutamente. No entanto, bem vagarosamente, aos poucos, engrossando as lágrimas que escorriam de tempos em tempos e escorriam quentes e doloridas pelo leito profundo das rugas que cobriam o rosto envelhecido e cansado, desconfiou das próprias certezas, e, quando a senhora Capuleto entrou sorridente e tomada por um otimismo que ela não mais conseguia alimentar, a ama era uma criatura que fingia tanto ou mais do que Julieta.

– Como estão? Muito atarefadas? – perguntou a senhora Capuleto. – Querem minha ajuda?

A ama, por trás de um lindo sorriso de igual satisfação, emocionou-se ao dizer:

– Acredito que não, minha senhora...

Calou-se, os olhos voltados para Julieta, que aduziu:

– Não se preocupe, minha mãe. Já está tudo escolhido e preparado para a cerimônia de amanhã. Agora eu só pediria às duas que me deixassem a sós, pois estou muito cansada e gostaria de dormir mais cedo...

Um pressentimento, na verdade um mau pressentimento, ainda fez a ama indagar:

– Não quer que eu durma com você, minha menina?

– Não, ama querida. Você já fez muito por mim e bem sabe o quanto irá trabalhar no dia de amanhã.

A ama ainda tentou insistir, pressentia algo de ruim nos sorrisos e exagerada generosidade de Julieta, mas a senhora Capuleto interveio, dizendo:

– Se é assim que deseja, deite-se e descanse, minha filha.

Só lhe restou despedir-se:

– Boa noite, minha menina...

A ama não dormiu. Passou a noite à mercê de sono intermitente e intranquilo. Julieta não lhe saía da cabeça. Os mentirosos sorrisos de Julieta. A felicidade falsa de Julieta. Os preparativos feitos com grande, porém exagerado, interesse. Julieta escondia algo. Julieta pretendia algo. E ela pensou em tantas coisas, boa parte delas ruins, que respirou até com grande alívio quando os primeiros raios de sol alcançaram seus olhos sonolentos. Ela apressou-se em levantar-se da cama e correr para o quarto de Julieta.

– Vamos, senhora Julieta! – disse, buscando infundir uma alegria àquela manhã fria e ainda silenciosa, uma alegria que ela mesma não sentia, achegando-se à cama onde jazia o corpo de Julieta. – Vamos, dorminhoca, desperte para suas novas responsabilidades... – sorriu zombeteiramente, ao mesmo tempo em que cutucava o corpo inerte com os dedos finos e ossudos. – Sei bem que deseja dormir mais um pouco, pois certamente na noite que vem o conde não lhe permitirá dormir muito ou mesmo simplesmente dormir... – sorriu, divertindo-se com a própria piada. – Deus meu, que leviandades estou dizendo?

Como Julieta não acordava, a ama insistiu:

– Senhora! Senhora! Senhora!

Encaminhou-se para a janela e apressou-se em abrir as cortinas.

– Não quer que o conde a encontre ainda deitada, pois não? – A velha criada calou-se, surpreendida, ao ver Julieta estirada na cama e ainda usando as mesmas roupas da noite anterior, quando voltara da abadia. – Como? Ainda vestida? Deitou-se assim mesmo como estava? – Ao tocá-la, estremeceu por inteiro, os olhos enormes. – Meu Deus, está fria, fria como... como... – recuou, horrorizada, e correu para a porta, aos gritos: – Socorro! Socorro! Minha senhora morreu! Acudam, acudam! A senhora morreu...

Quase se chocou com a senhora Capuleto, que, segurando-a pelos braços, perguntou:

– Que barulheira infernal é essa, mulher?

A velha criada tremia dos pés à cabeça e abria e fechava a boca, sem, no entanto, dizer sequer uma palavra.

– Morta... morta... – balbuciou por fim, apontando para o corpo de Julieta estirado na cama.

– Como é... – A senhora Capuleto aproximou-se da cama e, ao ver o corpo inerte da filha, empalideceu, horrorizada, gemendo: – Minha filha, minha doce filhinha... Socorro! Socorro!

Atraído pelos gritos, Capuleto entrou resmungando:

– Que vergonha, Julieta! Seu esposo já está lá embaixo... – Emudeceu, embasbacado, ao deparar com a palidez horrorizada das duas mulheres, as duas apontando para a cama onde ele encontrou a filha morta. – Está fria...

– Está morta... – insistiu a velha criada. – Minha senhora está morta! Morta!

Saiu do quarto aos gritos, surpreendendo até mesmo a Páris e frei Lourenço, que entravam à frente de um grupo de músicos.

– Julieta se envenenou!... – acrescentou a senhora Capuleto descendo a escada em seu encalço, exibindo a todos o pequeno frasco vazio que trazia em uma das mãos.

CORO

Muitas vezes,
entretidos com a vida,
não nos apercebemos
de como ela é fugaz
e faz e desfaz,
apesar de nós.
Por vezes,
fruto de certa arrogância,
damo-nos uma importância
que não existe,
e o mais triste
é que só nos damos conta
quando já é tarde demais.

CAPÍTULO 18

Subitamente, ainda sonolento e completamente atrapalhado com as dores e dificuldades inerentes à idade e à passagem implacável do tempo, frei Lourenço levantou-se do catre e estreitou os olhos, em um esforço para identificar aquele que abria a porta de sua cela e entrava em largas passadas, carregando no rosto suado uma preocupante máscara de preocupação.

– Santo Deus! O que houve, frei João? – identificou-o e apressou-se em ir ao encontro dele. – Você voltou bem depressa de Mântua.

– Frei Lourenço... – o recém-chegado ainda era jovem e magricela, um grande pomo de adão subindo e descendo movido por grande preocupação ou ansiedade em pescoço longo e ossudo. Fugia do olhar do velho franciscano como se ele o constrangesse.

– Que diz Romeu? Ele mandou uma carta?

– Padre, desculpe-me...

– Por quê, irmão? O que você?

– Não é pelo que fiz que lhe peço escusas, irmão, mas exatamente pelo que ainda não fiz...

Frei Lourenço o encarou, confuso.

– Não entendi... – admitiu.

– Eu me atrapalhei e acabei não indo a Mântua…

Lourenço empalideceu, apavorado.

– Não foi a Mântua?

– Eu me atrasei, irmão. Como não conheço muito bem aquela cidade, saí em busca de outro irmão que costumeiramente visita enfermos em Mântua para que me ajudasse a encontrar Romeu mais rapidamente. Ocorre que, quando pretendíamos sair, os guardas da cidade, suspeitando que viéssemos de alguma casa onde havia a peste infecciosa, trancaram as portas e não nos deixaram sair.

– Quem levou a carta para Romeu, irmão?

– Ninguém. Eu não encontrei ninguém que se dispusesse a fazê-lo nem quem se dispusesse a devolvê-la ao senhor para que pudesse encontrar outro mensageiro. Estão todos morrendo de medo da contaminação e…

– Santo Deus, que desgraça! Irmão, essa carta não era de pouca importância, e seu descuido pode gerar graves consequências.

– Perdoe-me, padre, mas eu… eu…

– Não temos tempo para isso agora, irmão. Vá depressa e me traga uma alavanca de ferro.

– Claro… Para quê? Posso saber?

– Vá de uma vez, seu imprestável!

Frei Lourenço praticamente empurrou o jovem padre para fora de sua cela. Tremendo incontrolavelmente, ia de um lado para o outro ou andava em círculos pela pequena alcova, vitimado por uma infinidade desesperadora de temores. Julieta não lhe saía da cabeça.

Faltavam pouco mais de três horas para ela despertar e se ver sozinha no túmulo da família, mas, acima de tudo, sem encontrar Romeu. Ela amaldiçoaria o padre por não ter conseguido pôr o marido a par de seus planos. Precisava fazer algo o mais rápido possível, provavelmente resgatá-la e escondê-la em sua cela até que outra carta pudesse ser enviada para Romeu em Mântua.

Frei João o alcançou quando ele atravessava a sacristia e corria apressadamente para a escuridão da noite, com a alavanca de ferro em uma das mãos.

CORO

O que fazer
quando inexiste prazer
ou significado em se viver
e temos que nos resignar
a nada além de existir?
Quão pesado é o fardo
da existência
quando a arrastamos na indolência
de dias intermináveis e vazios,
à mercê do frio de uma solidão
sem fim?
Como assim viver
se cada dia é um sofrimento só
e nossa única ambição
se faz pelo desejo cotidiano
pela morte e pelo pó
comum a toda e qualquer vida?

CAPÍTULO 19

Romeu ainda sonhava. Quando Baltasar o encontrou casualmente andando pelas ruas de Mântua, Romeu ainda tinha o semblante tranquilo e a cabeça ainda cheia das lembranças de um sonho feliz que se repetia interminável e agradavelmente. Pensou em contá-lo a Baltasar nos poucos momentos que se seguiram à sua visão.

Era sempre o mesmo sonho, e no princípio ele se apresentava com cores sombrias e verdadeiramente assustador, quase um pesadelo. Sonhava estar morto e, em dado momento, Julieta aparecia não apenas para pranteá-lo, mas também para lhe infundir o fôlego revigorante e encantador da vida através de um número incalculável de beijos apaixonados. Miríade de sentimentos felizes o lançava mais uma vez à vida e mais adiante o coroava como imperador, sendo ela a imperatriz que reinaria para todo o sempre, senhora absoluta e razão maior de sua existência, em seu coração.

Estivesse menos ansioso por notícias de Verona e certamente teria contado cada detalhe de tais sonhos a Baltasar, mas, percebendo a seriedade e até o certo constrangimento, pois de tempos em tempos ele fugia de seus olhos, preferiu perguntar por aqueles que amava:

– O que há, Baltasar? Parece-me preocupado. Aconteceu algo ruim em nossa casa? Não me traz carta de frei Lourenço? Meu pai está bem? E minha dama? Julieta está bem? Que notícias tem dela?

– Ela está bem, senhor… – O constrangimento do gigante longilíneo e de pele avermelhada aumentou, os olhos fixos no chão, esquivando-se ao interesse e à ansiedade crescentes que encontrava nos de Romeu. – Quer dizer…

– O que está querendo dizer, homem? Ela está ou não está bem?

– Onde está, mal algum poderá mais alcançá-la, senhor.

– Como assim?

– O corpo dela jaz em paz no túmulo dos Capuletos, e sua alma imortal vive entre os anjos do céu, tenho certeza.

– Está louco, Baltasar? – Romeu espantou-se e, incapaz de acreditar no que ouvia, irritou-se com o criado: – Do que está falando, seu biltre? Ela… ela… ela…

– Ela morreu, meu senhor.

– Absurdo! Com certeza está confundindo minha Julieta com qualquer outra Capuleto. Não tem nem dois dias que saí de Verona, e ela estava bem…

– Lamento ser portador de tão má notícia, meu senhor, mas eu lhe asseguro que vi pessoalmente sua senhora ser enterrada na cripta dos antepassados dela, e por isso estou aqui. Eu acreditei que o senhor teria interesse em saber…

– Fez muito bem, Baltasar. – Lívido e angustiado, Romeu olhava deso-rientadamente de um lado para o outro. – Sabe onde moro. Corra até lá e traga-me papel e tinta. Depois consiga-me cavalos. Parto para Verona ainda nesta noite…

– Por favor, senhor, não se precipite…

– Não se preocupe, Baltasar, e faça apenas o que lhe pedi...

– Agora mesmo... – Baltasar mal se virou e Romeu o chamou. – Mais alguma recomendação, meu senhor?

– Não, não... Eu queria apenas saber...

– O quê?

– Frei Lourenço não mandou nenhuma carta para mim?

– Nenhuma.

– Não importa. Vá e alugue os cavalos como lhe pedi. Daqui a pouco estarei com você.

Romeu esperou que Baltasar se afastasse para iniciar uma caminhada em outra direção, uma jornada lenta e angustiada por muitas e muitas ruas que o levaram para o norte mais deserto e de aspecto intimidante, um amontoado caótico de construções sobrepostas, um labirinto escuro e lamacento de ruelas malcheirosas e povoadas pela invisibilidade perigosa de centenas de olhares que, se não via, pelo menos pressentia espreitá-lo.

Morta Julieta, o que fazer?

Para que viver? Por quem viver?

Não existia felicidade aonde quer que fosse. Verona ou Mântua, qualquer parte de um mundo solitário e insípido, tanto fazia e de nenhuma maneira lhe interessava. Aos primeiros passos dados a esmos, sem nenhuma direção definida, depois de um pouco mais de meia hora atribuiu destino e finalidade. Lembrou-se de um boticário de péssimo aspecto e reputação que vivia naquelas redondezas e a ele pespegou a possibilidade de suprir-lhe da necessidade de pôr um fim em sua existência. Na botica sórdida, entre estantes onde se viam caixas e potes contendo toda sorte de substâncias cujo propósito transitava sem paradeiro fixo entre o bem e o mal, encontraria o que procurava.

– Bem, Julieta, nesta noite descansarei a seu lado, meu amor... – disse mal saiu da botica carregando um pequeno frasco dentre os tantos que o boticário, seduzido pelos quarenta ducados que Romeu despejou em suas mãos ávidas, ofereceu.

"Coloque isto no líquido que quiser e beba tudo. Mesmo que você tiver a força de vinte homens, cairá morto de imediato", foi o que ouviu do boticário e acreditou que fosse verdade.

Um veneno eficiente para livrá-lo o mais depressa possível de uma vida que não mais lhe interessava e que o colocaria novamente ao lado da mulher que amava: queria acreditar nisso desesperadamente.

Um pouco mais tarde, galopou velozmente de volta a Verona.

CORO

Ontem,

hoje,

sempre,

e nós nos dizendo

coisas de amor

como se a eternidade fosse possível.

E o mais incrível:

acreditando em cada palavra dita

e igualmente escrita.

O viver nada mais sendo

do que este prazer encontrado,

por vezes,

lado a lado

do amanhecer ao entardecer

de toda a existência.

Sonho ou realidade,

verdade ou ilusão,

somos o que vivemos

ou vivemos o que somos,

vai se saber?

A decisão está

e sempre estará apenas em nossas mãos.

CAPÍTULO 20

Páris era um fantasma assombrando a si mesmo enquanto zigueza-gueava entre as tumbas e os mausoléus que se erguiam na escuridão do cemitério. Noite fria e de poucas estrelas, o jovem e orgulhoso conde de horas antes sucumbira à morte da futura esposa, e a culpa infundira à sua imagem profundas olheiras comuns a noites inteiras insones e aspecto malsão à sua figura ainda elegante, mas vencida por uma consciência pesada, perpassada por pesadelos frequentes nos quais Julieta sempre estaria presente, repetindo-se em frase igual e olhar infeliz, dizendo que jamais seria sua esposa.

Algo novo e perturbador incorporou-se ao nobre cortejado por pais ambiciosos e jovens pretendentes, uma irremovível tristeza. Enfurnou-se em si mesmo e aprisionou-se pelas próprias mãos em alcova escura e infecta onde apenas a triste lembrança do corpo sem vida de Julieta estirado sobre a cama repetia-se interminavelmente.

Culpa. Muita culpa. Nada fizera de mal contra Julieta e seguramente tinha como única intenção ser feliz ao lado dela e fazer com que ela fosse igualmente feliz a seu lado. Nada acontecera como planejara ou acreditara que poderia ter acontecido. Perdera Julieta sem jamais tê-la tido e para si reservara a dor e o sofrimento de se culpar por sua morte.

Agachou-se junto ao mausoléu e depositou o enorme buquê de flores que carregava.

O que mais poderia fazer?

O que dizer?

O silêncio interminável despojou-o de qualquer pretensão que não fosse chorar mais um pouco e, finalmente, amargurado e só, partir. Palavras, por menores que fossem, nada ou pouco representariam. Qualquer gesto se transformaria em tolice, perda de tempo, nada mudaria, a começar pelo fato de que Julieta estava morta.

Subitamente um assovio o arrancou com brusquidão de seus devaneios. Era o pajem que o acompanhava e que deixou entre as tumbas e mausoléus, para alertá-lo sobre a aproximação de qualquer um. Afastou-se e rapidamente desapareceu na escuridão, um pouco antes de Romeu aproximar-se na companhia de Baltasar.

– Dê-me o alvião e a barra de ferro, meu amigo – pediu Romeu.

O criado apressou-se a passar às mãos dele os instrumentos.

Vendo-o fazer menção de afastar-se, Romeu o chamou e lhe entregou um pedaço de papel, instruindo:

– Pegue esta carta e pela manhã entregue-a a meu pai.

Preocupado, Baltasar guardou o pedaço de papel na algibeira e perguntou:

– Se deseja que eu o espere…

– Por Deus, Baltasar, vá e não volte mais.

– Senhor, os Capuletos…

– Não me resta temor algum, meu bom amigo. Tudo o que desejo é voltar a ver o semblante de minha amada e tirar de seu dedo morto um anel que me servirá para um uso muito mais importante.

– Compreendo…

– Agora, por tudo que lhe é mais sagrado, vá de uma vez e não volte.

– Não voltarei, asseguro-lhe...

– Espero que não esteja pensando em me enganar, Baltasar, pois eu não sei o que serei capaz de fazer se o surpreender próximo daqui...

– Acalme seu coração, meu senhor. Partirei e não o incomodarei mais.

– Vá em paz, meu amigo. Viva e seja feliz...

Tão ansioso estava para abrir a sepultura de sua amada que Romeu nem sequer se preocupou em segui-lo com os olhos pelo cemitério, e por causa disso não percebeu que, vencido uns poucos metros e inalcançável por seus olhos, Baltasar refugiou-se entre alguns mausoléus e pôs-se a vigiá-lo.

Temia sinceramente que parentes e mesmo criados dos Capuletos estivessem nas proximidades ou na iminência de chegar para velar pela quietude na cripta da família. Não moveu sequer um músculo mesmo quando Romeu começou a abrir a sepultura com o alvião e a barra de ferro e nada pôde fazer, tolhido pela surpresa, quando Páris, abandonando seu esconderijo no outro extremo do cemitério, lançou-se sobre Romeu aos gritos:

– Veio terminar o que começou, maldito Montecchio?

Romeu desfez-se das ferramentas e, em um salto, desembainhou a espada, interpondo-a entre ele e Páris.

– Vá embora daqui, meu bom homem! – replicou, angustiado. – Pelos céus, nada tenho contra você e na verdade prezo mais a sua vida do que a minha.

– Se assim é, baixe sua espada e entregue-se para que seja julgado por seus crimes.

– Não me provoque, eu lhe suplico!

– Afaste-se desta tumba e entregue-se, Montecchio!

– Não lhe pedirei mais que se vá, seu tolo! – grunhiu Romeu com raiva, tentando alcançá-lo com a ponta de sua espada. – Defenda-se!

A violência desembestada de uma sucessão furiosa de golpes trocados ressoou pelas alamedas escuras do cemitério. A respiração ofegante tanto de um quanto de outro misturou-se às palavras sem sentido e às frases incompletas e atraiu a atenção tanto de Baltasar quanto do pajem que acompanhava Páris. Os dois chegaram a se entreolhar, confusos e hesitantes, sem saber o que fazer, até que o pajem, desvencilhando-se finalmente de sua inércia, desapareceu em desabalada carreira.

– Guarda! Guarda! Por Deus, chamem a guarda! – seus gritos desesperados repetiam-se na distância, misturando-se a outras tantas vozes.

Indiferentes ao mundo que os rodeava, Romeu e Páris iam e vinham entre as tumbas e mausoléus, o combate lançando um sobre o outro, o sangue escorrendo de cortes espalhados por seus corpos e empapando suas roupas. Ferocidade desesperada. Eram dois infelizes que por vezes aparentavam desejar a morte para se aliviar do fardo de uma consciência culpada, de uma melancolia sem fim, de uma perda irremediável, ambos com Julieta na memória, dor recente, dor presente, privando-os de qualquer ânimo ou interesse pela vida.

Por fim, com um grito e atingido no peito, Páris desabou sobre Romeu, uma súplica repetida num fio de voz e ressoando em seus ouvidos...

– Por favor, coloque-me dentro da tumba junto de Julieta...

Romeu, ainda mais triste e infeliz, abandonou sua espada ensanguentada junto à dele e, balançando a cabeça, prometeu:

– Por minha fé que o farei, não se preocupe...

Carregou-o para dentro da cripta e, no silêncio e na desolação da escuridão, entreviu os vários sepulcros de muitos antigos membros da orgulhosa família Capuleto. No centro da grande construção encontrou o corpo de Julieta sobre uma laje fria, iluminado por quatro candelabros, cada um deles sustentando uma solitária vela da qual se desprendia uma luminosidade mortiça e amarelecida.

– Ó meu amor! Minha querida esposa... – gemeu ao tocar-lhe sutilmente o rosto, os traços delicados, o encanto e o viço ainda não totalmente destruídos pela passagem do tempo e a chegada inexorável da morte. Lágrimas escorriam-lhe dos olhos, uma ou outra caindo sobre as vestes elegantes.

– Ah, querida Julieta, por que ainda é tão bela? Sua beleza me conforta, pois será a última coisa que verei antes de partir e será ela que me guiará até aquele lugar onde poderemos estar juntos para sempre e finalmente sermos para todo o sempre felizes...

O pequeno frasco esverdeado apareceu em sua mão e, depois de retirar--lhe a tampa e contemplá-lo, sorriu tristemente.

– Ah, como eu a amo, Julieta... – Romeu sorveu todo o conteúdo que havia dentro dele em um só gole e, com um sorriso triste, inclinou-se e roçou os lábios nos de Julieta. – Um beijo, um último beijo antes de nosso reencontro. Tenho certeza de que a eternidade será generosa conosco e com nosso amor...

CORO

Triste amor
que a vida subtrai
e a dor distrai
para que a morte chegue
e o aconchegue
em tão pobre felicidade.

CAPÍTULO 21

Frei Lourenço foi o primeiro a entrar com Baltasar em seus calcanhares.

– Quanto sangue! – observou, alarmado, ao alcançar o umbral da grande cripta e encontrar as espadas de Páris e Romeu em meio a grandes manchas de sangue, as lâminas igualmente ensanguentadas. Erguendo a tocha que carregava, lançou um facho de luz tremeluzente na direção da laje fria onde jazia o corpo de Julieta. Alarmou-se ainda mais ao encontrar os corpos de Romeu e Páris estirados próximos. – O que aconteceu por aqui?

– Eu lhe disse, santo padre – insistiu Baltasar. – Meu senhor Romeu veio para despedir-se da esposa e acabou por encontrar-se com o conde com que os Capuletos pretendiam casá-la. O combate foi assustador, e Romeu finalmente o matou.

O religioso apontou para o cadáver de Romeu e perguntou:

– Mas quem o matou?

– Não faço ideia. Aliás, eu nem deveria ter entrado…

– Por que não?

– Meu senhor ameaçou-me de morte se eu entrasse aqui…

– Como pode ver, ele não vai mais lhe fazer mal algum... – frei Lourenço calou-se e virou-se, surpreso, ao perceber que, estirada sobre a laje fria às suas costas, Julieta se mexia. – Deus do céu! Ela está acordando...

– Padre... – gemeu Julieta, sentando-se, pestanejando nervosamente, os olhos enveredando com crescente ansiedade através da escuridão da cripta. – Reconheço que estou onde planejamos que eu estaria, mas não vejo meu marido. Onde está meu Romeu?

– Nossos planos foram frustrados, senhora... – disse o religioso, fugindo aos olhares dela, embaraçado. – Venha. Precisamos sair imediatamente daqui!

– Como assim? O senhor disse que... – Julieta calou-se, muda de espanto, ao deparar com os cadáveres de Romeu e Páris estirados no chão junto à laje de pedra. – Meu Deus, o que é isso? Romeu!...

– Seu esposo está morto, e Páris, também.

– Mas o que aconteceu?

– Nem eu mesmo sei. No momento, é melhor não perdermos tempo com perguntas. Devemos sair logo daqui. Eu posso escondê-la em uma comunidade de santas religiosas...

Julieta esquivou-se das mãos que ele lhe oferecia e gritou:

– Vá embora, bom padre. Eu não sairei daqui.

– A guarda está se aproximando, senhora...

– Vá, padre, eu lhe peço. Por favor...

Julieta o viu afastar-se com Baltasar em seus calcanhares, ambos abandonando a cripta precipitadamente. Confusa, sem saber o que fazer e ainda sem entender exatamente o que havia ocorrido, um forte vozerio aproximando-se, agachou-se junto ao cadáver de Romeu e de sua mão direita retirou o frasco vazio.

– Que é isso? – Levou-o ao nariz e cheirou por um instante, antes de dizer: – Veneno. Meu esposo se matou... Não teria sido informado dos planos de frei Lourenço?

Do lado de fora da cripta, uma voz forte e autoritária gritou:

– Depressa, rapaz! Diga de uma vez para que lado devemos ir!

Julieta olhou mais uma vez para o frasco e, em seguida, com um sorriso infeliz, voltou-se para Romeu e disse:

– Como você foi ingrato, meu marido. Não me deixou sequer uma gota de seu veneno para que eu pudesse acompanhá-lo… Acaso acha possível que eu deixe que se vá sem mim? Acredita mesmo que posso continuar vivendo?

As vozes se tornavam ainda mais próximas. O rumor de passos apressados varou a noite.

– Estão cada vez mais próximos… – disse Julieta, retirando a adaga de Romeu da bainha. – Preciso me apressar… – Cravou-a no peito e desabou pesadamente sobre o corpo sem vida de Romeu.

Os primeiros guardas chegaram um pouco depois, guiados pelo pajem de Páris. Encontrado e trazido de volta para a cripta dos Capuletos, frei Lourenço ao mesmo tempo se culpou e absolveu-se da responsabilidade pelos tristes acontecimentos. Diante de Escalo e de membros das famílias Capuleto e Montecchio, contou em rápidas palavras tudo o que se sucedeu naqueles poucos e tormentosos dias que culminaram com a morte do casal de apaixonados.

– … Romeu, que jaz morto, era esposo de Julieta, e ela, sobre ele estirada e igualmente morta, era fiel esposa de Romeu. Afirmo ser verdade o que digo, pois eu mesmo os casei, e o dia em que se casaram em segredo foi coincidentemente o último de Teobaldo, cuja morte prematura causou o banimento do jovem esposo de Verona. Saiba, Capuleto, ela chorava e sofria por Romeu, e não por Teobaldo. O senhor, como ignorava inteiramente tais fatos e preocupado em afastá-la de tanta tristeza e dor, apressava-se em casá-la com o conde Páris, contra a vontade dela. Ela, desesperada e infeliz, veio me procurar em busca de alguma solução para o dilema de um segundo matrimônio, ameaçando matar-se dentro de minha cela se eu não a ajudasse. Sem alternativa, vali-me de meus conhecimentos e dei a ela uma poção soporífera, que agiu como se esperava, conferindo-lhe uma aparência de morte. Logo em seguida, escrevi a Romeu e solicitei que viesse o mais depressa possível para me ajudar a retirar Julieta de sua falsa sepultura quando o efeito da droga passasse. No entanto, meu portador foi detido e impedido de levar a carta até ele em Mântua, o que me obrigou a alterar os planos e ir até o cemitério para de lá a retirar e esconder em minha cela, pelo menos até que a carta chegasse a Romeu e ele viesse ajudá-la a sair de Verona. Desconheço os acontecimentos que levaram a tal morticínio, mas suponho que Romeu tenha recebido a informação de que Julieta estava morta e voltado apenas para se matar junto dela, como efetivamente o fez, envenenando-se. Antes, segundo o criado que o acompanhava, matou Páris ao encontrá-lo junto ao túmulo da mulher amada. Julieta, ao descobrir que o esposo estava morto, desesperou-se e se matou com a adaga dele. Assim se passaram tais acontecimentos, e, embora não possa ser inteiramente acusado e responsabilizado por tais crimes, se assim me considerarem, eis-me à disposição de todos para me submeter ao castigo que a mim estiver reservado.

Apesar de tê-lo advertido em termos os mais severos possíveis, o príncipe recusou-se a acusá-lo e, mais ainda, a condená-lo por qualquer crime. Quanto às duas famílias rivais, alcançadas pela dor e pela tristeza de perder seus filhos queridos por causa de uma desavença que já se estendia por muito tempo sem que encontrassem mais razão para mantê-la, selaram a paz. Romeu e Julieta foram considerados as últimas vítimas de inimizade tão prolongada.

– Uma lúgubre paz surge com a alvorada deste novo dia. O sol não exibirá seu rosto, em razão de nosso luto. Saiamos daqui para falarmos mais demoradamente sobre estes tristes acontecimentos – disse Escalo, saindo da cripta dos Capuletos. Uns serão perdoados, e outros, punidos, pois nunca houve história mais triste do que esta de Julieta e Romeu.

FIM

CPSIA information can be obtained
at www.ICGtesting.com
Printed in the USA
LVHW091604110222
710655LV00010B/244

9 786555 524321